U0101127

周华诚 著

不如
吃茶
看花

江苏凤凰文艺出版社
JIANGSU PHOENIX LITERATURE AND
ART PUBLISHING

图书在版编目（CIP）数据

不如吃茶看花 / 周华诚著. -- 南京：江苏凤凰文
艺出版社，2023.11
ISBN 978-7-5594-7928-0

Ⅰ. ①不… Ⅱ. ①周… Ⅲ. ①随笔－作品集－中国－
当代 Ⅳ. ①I267.1

中国国家版本馆CIP数据核字(2023)第152589号

不如吃茶看花

周华诚 著

出 版 人	张在健	
责任编辑	姜业雨	
插　　画	董宁文	
装帧设计	周伟伟	
责任印制	刘　巍	
出版发行	江苏凤凰文艺出版社	
	南京市中央路 165 号，邮编：210009	
网　　址	http://www.jswenyi.com	
印　　刷	苏州市越洋印刷有限公司	
开　　本	880 毫米 × 1230 毫米 1/32	
印　　张	10.5	
字　　数	160 千字	
版　　次	2023 年 11 月第 1 版	
印　　次	2023 年 11 月第 1 次印刷	
书　　号	ISBN 978-7-5594-7928-0	
定　　价	59.00 元	

江苏凤凰文艺版图书凡印刷、装订错误，可向出版社调换，联系电话 025 - 83280257

自序：吃茶之美，在其忧伤

在一个百无聊赖的日子开始吃茶。

疫情发生后，哪儿也去不了，只好坐下来吃茶。有时，也会在吃茶的同时，用文字记录一点儿寻常小事。

以前我不懂茶，各种各样的茶说不出个所以然。然而等到三年之后，我已爱上吃茶这件事了。

时间可以改变很多东西。

翻检这些吃茶的文字，长长短短，敝帚自珍，遂集成一册，分为《闲吃茶》《松子落》《无尽茶》《破溪烟》四辑。书名起过许多，最后落在一句家常话上，"不如吃茶看花"。甚好。

我老家方言，是把"喝茶"叫作"吃茶"的。

茶是什么？一定不是饱腹之物，也一定不是解渴之物，可能只是一点儿日常的消遣。吃茶，并非是要达到什么目的。

而你有没有发现，往往是那些忘记了目的的事情，才最有趣。

看花是为了什么？读书、写字又是为了什么呢？就像随便出来走走，结果遇到了沿途的花开，听到了枝头的鸟鸣，时时有不期而遇的欣喜。

在这本书中，有一句话我自己很喜欢："无心乃有欢喜。"吃茶的心思，大抵是在茶之外。

这些与茶有关的文字也一样，大多并非是为着某一种目的而写，而是喝着茶时，偶有所感，信马由缰，略无规矩。这样的文字，有时反而留下了一些瞬间的痕迹。

在本书交付出版之后，癸卯年春，在晓风书屋参加一个画展活动，见到宁文先生与友人合作的小画，甚是喜欢。后来想到，能否请到宁文先生的画作为插图。一问，宁文先生欣然相允。

这些画作，为本书增色不少。

六月中，我到西湖边的满觉陇，见到一间觅萩野茶室。满堂花木，景致颇佳。茶室主人相邀，随时可来，随时有一壶好茶、一窗山色。

又有各地朋友，知道我喜欢吃茶，常给我寄赠、分享一点好茶。

有时去外地行旅，只要有暇，当地友人也会带我去茶园或茶山走走。

凡此种种，都是因了吃茶而产生的联结。

然而，即便是吃了这许多的茶，写下了许多吃茶的文字，在我自己，依然是不怎么懂茶。因此，我要声明，这不是一本茶书，而是一本吃茶书。

懂不懂茶都不要紧——不如吃茶，看花。

是为序。

二〇二三年六月三十日，念久楼上

目　录

第二辑 | 松子落

第三辑 ｜ 无尽茶

第四辑 | 破溪烟

闲吃茶

绝妙之茶与绝妙之人一样，都要耐得住吧。

初见

该在什么时候饮涌溪火青呢？涌溪火青是一粒一粒卷曲的，黄绿色，并不鲜亮。是绿茶吗？我刚拿到的时候，略一迟疑。这一罐涌溪火青，是由四川的桑同学馈赠，她这两年学茶，经常到各地去探茶，有时就在路上给我寄一点儿来。

最近多喝古树普洱、老白茶，偶尔喝一点儿开化红茶，甚少喝绿茶。有一段时间喝过黟山石墨，也是一粒一粒卷曲成团状，不像绿茶，却还是炒青绿茶。

喝过黄山雀舌。喝过西湖核心区的明前龙井。桑同学寄给我涌溪火青后，又嘱我放放。放放，是指茶炒出来不久，等它火气消了再喝。遂放了一段时间。这个涌溪火青，也是珠茶，卷曲如发髻。泡开后，隐约有兰花香。不过，我喝茶都是乱喝，喝过即忘，每喝都如初见，估计，这也就是"道"了。

茶叶罐子上有一个小小的二维码，扫了一下，发现是安徽宣城的，涌溪村三组。安徽的确是出了很多茶。涌溪村，我没去过，是个好名字，有这样名字的村落，想也是好地方。

手边有一本书，《酒友饭友》。安倍夜郎的文字，清浅，又有浓郁的生活气息。日本写散文的人，文字往往清淡极了，如头采的龙井。安倍夜郎的散文，写吃的喝的，写故乡和童年的事情，如涌溪火青，虽然也是清淡一派，终究还是耐回味一些。大概，跟安倍夜郎做过漫画，能创作出《深夜食堂》那样的作品有关。

涌溪火青泡了两道，完全舒展开来，就与普通绿茶的样子差不多了。但它的芽叶纤瘦一些，叶柄也长。跟龙井一比，龙井的芽叶若是杨玉环，涌溪火青就是赵飞燕。绿茶至多泡两道，也就不能再泡了。倒掉的时候，龙井芽叶还是亭亭玉立，一枚一枚，内敛得很；涌溪火青，已经欣欣向荣，舒展开来，令人浮想，仿佛是一个有故事的女人。二〇二〇年二月十四日记之。

烟霞百里间

喝完涌溪火青，索性再喝一道黟山石墨。

这两种茶摆在一起，形状差不多，黟山石墨颜色再深一些。到底是石墨，名字摆在那里，不黑能叫墨吗？泡出来也很不一样。黟山石墨茶汤是红色的，闻起来似有荔枝香，喝起来也像是红茶。

十余天宅在家中，喝茶自娱。一泡时，团状茶珠在水中舒展开来，依然筋筋道道的样子，仿佛老树枯墨。喝干一泡，去客厅健身。一组做下来，额头汗出，回书房，水沸，又泡一道，茶叶又舒展一些，茶汤澈亮，味道还是很浓。

黟山石墨用的是黄山大叶种，制茶不是取芽叶，而是普通的单片叶子。从壶中取一片叶子，量了一下，长的一片是六点五厘米。

此时门铃响。不开门，就在门内问，谁呀？外面说，送菜的。里面说，好的。过一会儿，戴上口罩开门，门外已无人。

这是在网上，向盒马鲜生订的蔬菜。这段非常时期，足不出户，也不与人正面接触，少给社会添麻烦，唯看书、观影、喝茶是正道。

把菜送进厨房。流水洗手二十秒。出来，顺手从餐桌上取一粒饴糖放进口中。饴糖，乃麦芽糖，浦江朋友馈赠的。吃完糖继续喝黟山石墨。

有《黟县志》，清同治七年编的，里面就记录了石墨茶。据此判断，此茶历史至少有一百五十年。我查到一篇学术论文，说石墨茶的品质特征，色泽墨绿，白毫显现，外形紧细，弯曲如钩。又说，石墨茶"香气清高，滋味鲜醇，汤色清澈，叶底鲜活"。我比对了一下，后面这几句话，用来形容任何一款绿茶，怕也不会不恰如其分，姑且看看就好。

黟山，很多人不知道是哪座山。其实是黄山，秦时就叫黟山。现在开车去安徽，路上会见到"黟县"指示牌，有人不知道怎么读，就说"黑多县"，大家也都明白。黟县就在黄山脚下，因山得名。黄山其实不黄，但也不黑，为什么早先会叫黑多山呢？又为什么到了唐玄宗时期，要改叫黄山呢？这就不晓得了。

黟县风景优美，李白有诗曰："黟县小桃源，烟霞百里间。地多灵草木，人尚古衣冠。"古衣冠是比较典雅的，有传统中国味道。现在的徽州也好，黟县也好，算是保留传统中国味道比较多的地方。我这些年，几乎每年都去一次徽州。去年，杭州与徽州之间通了高铁。从前李白去徽州，唯一的路径，是从杭州的钱塘江边坐船，溯流而上，花半个多月，才能到得黟县。现在，不要那么费劲了，登上高铁，嗖嗖嗖，一会儿就到了，下得车来看看手表，也就两个小时。

所以，李白要是换了现在去黟县，就不会说"小桃源"了。当然，黟县的人，现在也不那么尚"古衣冠"了。

我把黟山石墨的照片发到网上，有懂茶的朋友回复："你的石墨并非顶级。"我问何出此言。此兄曰，石墨的鲜叶采摘标准，特级为一芽一叶，一级为一芽二叶初展，二级为一芽二叶到一芽三叶初展。"你的茶叶，单叶子多，可知一般。"

我不信。继续喝黟山石墨，还是很香。二月十四日记之。

一杯春天

　　龙井叶片被压得薄薄的，像静栖于碗底的羽毛。有白毫显现，如羽毛散发光泽。去年清明前一日，去西湖龙井村，在当地茶农家里吃饭喝茶。他们家有幢别墅，自家小院里小桥流水，草木葱茏，师傅在楼下炒茶，茶香飘荡在整座楼里。

　　龙井茶不便宜，明前龙井尤其贵。有天，偶然看到《新民晚报》副刊上，有个老茶客深情回忆他一九八三年在杭州买茶的经历。那年春天，他到杭州采访，住在西湖边，恰看到方上市的明前特级龙井，真是天价。他咬牙花了八百元，买了两罐半斤的龙井。营业员很热心，见他是住店客人，对这极品龙井不太了解，生怕他轻慢了这茶中尤物，特意好好地介绍了一番，由此，他被这以色绿、香郁、味醇、形美四绝闻名于世的龙井深深折服，每每品饮茶汤，沁人心脾，齿间流芳之时，觉得那天价花销太值了。

　　一九八三年的八百元，是什么概念，我不是很清楚。应该能在小县城买一百平方米的房子了。

　　一般茶客都知道，绿茶应密封好放在冰箱冷冻保存。我有一回，把二两茶叶放冰箱冷冻，结果过了两年才翻出来。忘了。这次没有放冰箱，而是一仍旧贯，只用内部塑膜的牛皮纸八角包包着，绳子一系，搁在书架上。到了这会儿拿出来喝，依然是颜色鲜活，香气清高。

　　泡绿茶，得讲究泡法，先用七八十度的水冲一下，让茶醒一醒。否则滚水当头一冲，就把茶叶给浇坏了。温水醒过以后，再加注热水，茶烟缓缓上升，茶香被激发出来，芽叶缓缓舒展，竖立起来，在杯中浮浮沉沉，然后悬浮在中部，望去如水中森林。这是绿茶的喝法。

　　浙江有很多绿茶。我在衢州时，喜欢喝开化龙顶，那也是极好的。或者说，不亚于龙井。开化也是我极喜欢去的地方。春天的开化太美了，油菜花开时，漫山层层叠叠都是明媚的颜色，倒映在水中，那真是叫一江春水。宁波的奉化，出一款绿茶，有人起了个好名字——"奉茶"。我们在奉化的南山上住过一晚，看见满山的采茶女早出晚归，觉得生活不易，每杯茶也不那么容易——的确应当珍惜。

有位建筑师朋友，在工作室扩大搬迁之前，落在外桐坞村一号。工作室落地窗外，就是满山茶园。春天我去他那儿玩，茶园雨雾蒙蒙，房东在自家门前炒茶，茶香袅袅啊。一人一杯绿茶在手，站着就把事儿愉快地谈了，临走，朋友又塞给我两包新茶。二月十五日记之。

山是山，水是水

上午开始工作前，随手拿一本书来翻，就翻到《炒茶人》这一篇。"……搓团显毫的动作，也很老练，仿佛他的那双手有一股神奇的力量……"

书是《山水客》，作者叶梓给我寄的毛边本。我喜欢收集毛边本。毛边书，不宜于敷衍翻阅，只适合慢条斯理闲品。如同喝茶一样，只有不赶时间的人，才喝得出茶的味道。读毛边书，一手捧书，一手执刀，刺啦刺啦割开两页，读完，再刺啦刺啦割开两页。这就让阅读也具有了手工的性质。在电子屏幕盛行的年代，纸书的阅读，确实接近于手作——阅读不仅仅是眼睛的劳动。就像茶叶，为什么非得手工炒作呢，西湖龙井现在大多是机器炒，机器还有什么不会的？会写毛笔书法，能跳舞，能打太极，机器模拟出炒茶人的手感，这不是难事。事实上，机器炒得比一般的师傅好多了——但是，但是，为什么老茶客们还是喜欢吃手工炒制的茶呢？

如果一定要找一个理由，那就是，吃茶，原本并不只是吃茶。

就如同，读书并不只是读书一样。

这话说起来有点绕，但是——也没有什么好说的。我站着读了两篇短文（这本书，都是写的苏州风物），然后放下书，去泡一碗碧螺春。文章里的炒茶人，正是炒的一锅碧螺春。

一注水下去，泡开碧螺春——喝一口，直觉是"这茶真嫩"。这段时间宅在家里，有了时间，也慢慢懂得了茶的好处，于是天天喝，我的嘴也练刁了。这碧螺春，虽是绿茶，口感与别的绿茶大同小异，再喝，又喝，就觉得不一样了，碧螺春的清香与淡雅，仿佛窗外将临未临的春天。

太湖有个东山岛，我去那里摘过枇杷。有句话怎么说的——东山的枇杷西山的桃？不对，西山的杨梅？……忘了。东山水果很多，也是碧螺春的原产地。所以，东山的茶园都藏在东山的果园里。果园里有什么，枇杷、杨梅、蜜橘、桃树，郁郁葱葱，高大的果树下才是低矮的茶树。春天里来，茶叶冒尖的时候，恰值果树开花，花香弥漫在空气雨雾之中，被茶树吸收，所以碧螺春的茶汤里，也就有了其他绿茶所不及的花香果香。

　　说起来，碧螺春还讲究"采得早，摘得嫩，拣得净"，茶芽必须是采自果树下碧螺春群体的小叶种茶树。黄豆般大小，初展一芽一叶采回来，茶农一家人围坐一起，挑拣出那些完整匀称的茶芽（制得一斤茶，需六万到八万个芽头）。碧螺春的制茶工艺，基本都是手工完成，一锅鲜绿的茶菁，在铁锅中一把一把，凭借手掌的力量，揉搓，翻炒，直到成为微微弯曲的细条，细条上密布茸毛，这就是碧螺春了，"铜丝条，蜜蜂腿"。

　　碧螺春很淡，叶子又薄又嫩，但碧螺春的妙处，正在于这淡，淡中寻味，淡里求真。碧螺春的回甘清澈，鲜甜悠长。因其茶嫩，泡碧螺春就不能用太沸的水。有人是这样，先落水，再投茶，看茶叶在水面上慢慢舒展，慢慢沉降，如垂落一帘春色。这真是清雅极了，果然是苏州的风格，或曰，水雾江南的风格。

　　我喝着碧螺春的时候，看到徽州斗山书局的掌柜方善生在他的微信中发了一张图，是一副对联："光前须种书中粟，裕后还耕心上田。"我觉得好，就请方掌柜拍清楚大图发我。

这是《徽州楹联格言精选》书中的一页。徽州传统，讲究处事为人，耕读传家也是世代所重。走进徽州的老房子，抬头一望，有很多这样的对联。譬如："善为至宝一生用，心作良田百世耕。"有一座古民居，叫"耕心堂"。"昼出耕稻田，夜归耕心田。"心生万法，地长万物。耕心堂，好。

喝完一盏碧螺春，再泡，就渐渐淡了。添了两回水，换茶。这回换涌溪火青，依然是绿茶。对比之下，觉得涌溪火青与碧螺春刚好是两个风格。一个其妙在嫩，一个其妙在老。涌溪火青经过十八个小时的翻炒揉制，干茶是紧实墨绿，如粒粒瓷珠，初泡觉得平淡，到了二泡三泡，茶味渐显，这是沉稳内敛的中年大叔风格。相较之下，碧螺春，就是十八九岁的少年，新鲜活泼，一上来就生生脆脆，明明白白。怪不得年轻人多喜欢碧螺春的清新甘甜，而老茶客们往往嫌碧螺春太淡，只有涌溪火青那样的茶喝着，才能往事渐上心头，回忆渐入佳境。说是喝茶，也能喝上头来。

一盏春茶在手，心是会悠游的。人固然是禁足家中，心是悠游到早春的茶园里去了。山气淼淼，雨露花香，都入了一盏茶中来。遂想起另一本书，《山是山，水是水》。日本一位陶艺家高仲健一，二十六岁，辞了工作，携妻儿回到乡间，在日本千叶县的大多喜町山中安居。有人问他，是不是愿意回到城市中去生活。他说，绝不会。"人生在世，本就是为修行而来，绝不是为了享福。所以，日常生活中遇到的艰难困苦，都是无上的珍宝。如此一想，人也会变得很豁达。"

绝妙之茶，与绝妙之人一样，都要耐得住吧。说一个人很有能耐，也就是能耐——寂寞也好，时间也好，要耐。能耐，就能"耐斯"。所以，一起耐，不要觉得无聊。二月二十四日记之。

饮之仿佛有雨

我说，不须多，分我半包就行。多了喝不掉，也是浪费，这是实话。玉玲却说，没事没事，她还有。

她快递来的茶很快收到。这些天快递都不正常，没料到这么快。戴上口罩，到小区门口取件，这是我这十天来的"远足"了。回来打开一看，居然是三罐茶叶：一罐明前龙井，一罐碧螺春，一罐金山时雨。

太多了！

她是看我前些天文章里写到金山时雨一时没能喝上，才立即给我快递了。

金山时雨，这个名字好。饮之仿佛有雨。既然打开了，这两天就都喝它。茶叶卷曲，条索状，干茶倒在手掌上，能闻到茶香。我用青花碗来泡它。先用八九十度的水冲一注下来，仿佛春雨浸润大地，少顷，这团团绿茶就全面苏醒，伸腰踢脚，舒展开来，三四分钟后再注水，一大碗。茶叶经此热水一激，茶烟袅袅，茶香四溢。

这茶芽在碗中实在好看，颜色是青绿的，捎带着茶汤也是青绿的。茶形是清瘦的，捎带着饮茶人也觉得自己清瘦了。山里的野茶大抵清瘦，野茶在溪、涧、云、水、石、雾等处生长，瘦便有隐逸之气。去年在临安龙上村，看见一条洪荒之河，河水浩浩荡荡，排山倒海，从天上而来。此河名叫"天石滩"，估计是几万年前，地质变化导致一座山的石头流成一条河了，我们在巨石间攀爬，就好似猴子们在河中洗澡。龙上村出一种茶——"云雾野茶"，茶也是清瘦极了（只是香气不及金山时雨，也不怎么耐泡），一饮有清气，再饮气益清。这样饮着饮着，飘飘欲仙。好在垄上行民宿，还有一种好酒，可以中和此茶，一饮再饮，即返回烟火人间了。还是烟火人间好玩。

陆羽《茶经》说："野者上，园者次。"绝妙之茶，总是出自人迹罕至处。现在的龙井茶，西湖龙井的核心产区，问题也出在这里，离城区太近了，人来得太多，都成景区了——每到清明前后，车马拥道，人头攒动，光是汽车尾气，就让茶树们吸收了不少；此外，又有无数网红立于茶丛之前，面对镜头，采茶直播，名曰采茶，实为卖货，更添几许喧闹。至于杭州龙井，那还稍好一些，周边山里也出好茶，拿来以龙井工艺制茶，也未见得有多少差异。即便是浙江龙井，地域广大，扩至全省的范围，若非老茶客，估计也品不出太大差别。当然，这只是我的见解，未必就对，不对也不接受反驳。

金山时雨，出自安徽绩溪，上金山。时雨，这名字真好。主要是形容茶叶，形若绿眉，细如雨丝。我却觉得更应该形容它的口感。一口入喉，润若雨丝。这雨还不是绵绵不断的雨，而是时晴时雨，这就有味道，仿佛西子，初晴后雨。

茶的名字太多了，在这一点上，茶叶从业者比水稻从业者会玩。中国的稻米，说来说去就那几个品名，"稻花香"已属格外，其他都是什么"金龙鱼""福临门""北大荒"，确实还处于满足温饱的状态。茶，很明显，已经在往精神的方向靠了——还有一些茶人神神道道的样子，好像有试图把茶往信仰的方向去靠的意思，那又是一个歧途吧，且不说它，因只是我个人的见解，未必就对，不对依然不接受反驳。

昨夜看了一部电影，《日日是好日》，是部讲日本茶道与生活的片子。它的节奏很舒缓，时间跨度也长，主人公学习茶道，倒茶倒茶，一晃就十年过去了，二十年过去了。我却意外地很喜欢这个片子。下雪了，樱花飞起了，秋叶飘零了，喝着茶静静坐着，看看就很美。二月二十一日记之。

茶生一处，天地一方

　　我喝红茶，总觉喉咙发紧，遂不再多喝。这包开化龙顶红茶，是信伟给我，饮之有荔枝香气。开化绿茶有名，龙顶是真好，想起曾去开化山里寻访春茶，由当地朋友问清带路，一路转了几个村庄，又在茶农老丁家吃午饭。老丁门前有一条清溪，溪水潺潺，一直向山外流去。我想到一句话："茶生一处，天地一方。"

　　午饭后，问清返城开会，我则随茶农老丁夫妇，爬山去他家的茶园，那一路春和景明，山鸟啼唱，空气甘润，似有空谷幽兰。告别了老丁，我又往更深的山里去，行了四五公里的样子。盘山公路一直绕啊绕，从茶山上绕过去，茶树层层叠叠，那绿意也是层层叠叠，黄昏之中，依然有零星的茶农在那山头上采茶。头一天下过雨，瀑布挂在山边上，桃花开在屋角。小村庄安静极了，只有水声与鸟声从山谷里传来。

　　山花落尽人不见，白云堆里一声钟。

喫苦茶　27cm×27cm　2021 年（与贺宏亮合作）

一曲新词酒一杯

去年天气旧亭台

台花径落不曾缘

客扫蓬门今始

为君开

宇文丹

青艳凤

偷得半日闲
42cm × 42cm　2021 年
（与张叹凤合作）

啜茗　27cm×27cm　2021年（与伍立杨合作）

回小城后，信伟兄带我去老宋店里喝茶。老宋，宋米和，三十多年前从浙江经贸职业技术学院毕业后，为了生计，开始种茶、制茶、品茶，与茶打交道半生。"云雪瑶"即是老宋创立的茶品牌。老宋乃国家一级品茶师，人多称呼他"宋博士"。四月，绿茶新上市，老宋一手手机，一手电脑，忙得不亦乐乎。早在二十一世纪初，老宋建了个茶爱好者网友群，网来网去，茶来茶去，以茶为媒，广交茶友，他的茶叶，也是不远万里，发到全国各地。

信伟给我的一包红茶，我喝了两年多还没有喝完。二月二十一日记之。

时间的味道

　　喝了一瓯白毫银针。

　　二〇一八年的荒山白毫银针，五十克，一位诗人所送。二〇一九年十月二十六日，我在开封首饮白毫银针。当时形色，仿佛绿茶。所披白毫明显，雪白雪白。沸水稍凉后醒茶，再冲泡，白毫就看不见了，只见芽头肥壮，绿意显露，更似绿茶了。光看芽叶，几乎看不出与绿茶的区别。

　　白毫银针，创制于一七九六年，是白茶中的珍品。原产闽地，福鼎、政和、松溪、建阳等地。二〇一九年秋，是我第一次饮白毫银针。出汤清亮明澈，茶味就完全不似绿茶了。

　　二〇二〇年二月十五日再饮。盖碗冲泡。揭盖，有青气。想了一下，有如紫云英斫后堆置一夜的气息。冲泡后，芽叶一粒一粒，很是分明，不舒展，如雀舌，如匕首。茶汤清亮，略作淡黄色。对光细看，万千小毫弥漫漂浮于茶汤中。饮一大口，茶香味独特。再泡，再饮。三泡。回味时，觉得茶汤里应该是有稀薄的草木酸味，这稀薄的酸味，揉在鲜甘之味里，滋味确实独特。

铁观音，有的据说也有酸香味。不过，铁观音的香气太多了，兰香、桂香、蜜桃香、炒米香、蜜糖香、焦糖香、酸香，等等。不过，我尚没有认真品饮过，这且再说。

喝完这一盏白毫银针，依依不舍地密闭封袋，存放起来。

白茶，有三个品饮期。一两年内，第一阶段，属于轻微发酵，味道鲜甘，接近绿茶，茶性也较凉；三到五年，是第二阶段，此时香气转陈，茶汤渐浓；七到十年是第三阶段，这就算得上是老白茶了，茶中的陈化物越来越多，茶汤呈琥珀色，看起来红亮且透明，茶味醇厚，有陈香，也有毫香。

我就开始向往那七年后的味道。果然是需要时间的参与吗？

看来，没有耐心，是饮不了好茶的。最好，封存，然后就把它忘了。

我把品饮笔记，写在茶的纸袋上。梁慧说的，喝茶不能白喝，也不能乱喝，每次喝的感觉不一样，她是做笔记的。真有意思。

　　和一个写作的朋友聊天。她说整座小城的人都在那样写，她就不知道怎么写了。我说，那就喝茶。

　　常常是这样的，文字和味觉一样，可以稚嫩，唯不能僵化。若是到了僵化地步，就回不来了。稚嫩反而新鲜，可以尝出世界的味道。

　　饮茶，翻书。看到《茶经》有记，"永嘉县东三百里有白茶山"，指的是福鼎太姥山。白茶出于福鼎。又看到《茶录》写到建瓯的茶。福鼎和建瓯，我都没有去过，就起了一念，想什么时候开车去走一圈。从衢州过去，三个多小时能到建瓯。福鼎远一些，在泰顺的边上。

　　今天气温骤降，风雨大作。晚上九点，窗外沙沙作响，要下雪了。听说湖北下了冰雹，令人担忧，遂想起远方的朋友，不知近来可好。二月十五日记之。

捡得一手好便宜

半夜了，朋友发我一个小视频，一个重症病人出院后，发现家人都不在了，他就把自己悬挂在楼的最高层。难以想象……这个人，自己躺在病床上的时候与疾病做着斗争，一心只想活过来。终于出院了，走在阳光下，回到家中，却发现已被家人孤独地丢在世间，这种绝望，太令人悲恸！

看到这样悲伤的新闻，就立刻失去写下任何文字的动力。问自己，写这些文字干啥呢？有啥用呢？啥都没用。那种无力感铺天盖地，满头满脸，作为一个写作的人，还能怎么办。但是稍稍好一点儿时，又会觉得，即使有那么多悲伤像浪一样涌过来，还是要写啊。

喝什么茶。上什么班。干什么工作。吃什么饭。你不能这样说，因为生活还要继续啊。看到于坚说："如果不写，才是灾难。"是的，在摇摇晃晃的世间，还是要写，要写是因为还有相信。

就这样，泡开一壶白露寿眉。倒出一杯，忘了喝，又冷了。后来又泡了一道，倒出一杯，喝了半杯，又忘了。一直到下午，喝的都是冷茶。所以只是读书。读了几十页书，干了几件工作，吃了一顿红烧肉，慢慢好了。看到街上那么多的车，来来去去，重现往日繁华，可事实上哪里是这样？不过是大家都肩负生存（或是生活）的使命，各尽其职而已。工厂要活下去，公司要活下去，工资要发进来，贷款要还出去。我在高楼上，从二十几层的高楼往窗外看下去，车与人，皆如工蚁来往，奔忙不息。

晚上想到，春天了，该吃春笋了，遂在稻友群里问了一声，结果马上联系到了临安一家民宿的主人。他在山里，明天一早就能挖出春笋，然后快递，估计隔天可以运到杭州。这已经让人觉得很幸福，在这样的春天，想要吃笋，居然还可以很快吃到。若是想理发，倒困难一些，理发店都没有开门。我有一位朋友，自从"禁足"之后就蓄须，说要等到踏出家门的一日才刮胡子，也不知道他现在怎么样了，是不是喝茶吃饭，都要用夹子把须子往两边夹起来。

这就是当下的生活：一边是平静，一边是恶浪，在同一个屏幕里起起落落，起起落落。一时开心，一时悲伤。大概很少有这样一段时间，让人的生命体验这种跌宕起伏。

　　把这壶寿眉泼了，洗洗睡。二月二十六日记之。

侘心

上午喝了一碗龙井，三泡有余香。中饭后开泡雅安黑茶。是某一年，我去四川，给一家保险公司的员工与客户上课，上一堂生活摄影课。课上得——哦，当然不怎么样。但离开时，认识了一位摄影家朋友，他说自己刚从雅安回来，要送我一点儿茶叶。装在一个竹编篓子里。因赶行程，我就拎着去了机场，上了飞机，一路拎着这个竹篓回了杭州。

我从来不讲究喝茶。有什么喝什么，无非是投入玻璃杯中，沸水一冲，喝完倒掉。有时嫌茶叶费事，白水也喝了多年，喝得津津有味。那茶叶我到家打开竹篓，里面是用黄色手工纸包的小茶包，四四方方，腐乳一般大小。一篓有几十方。试喝过一回，倒在杯中都是碎末，黑乎乎的也不怎么好看，就放下了，一直丢在角落。

放了许多年了吧。这次，是从书堆里头找出来的。打开茶包，里头还是黑乎乎的茶叶末，一点儿没变。应该是从砖茶之类的紧压茶上敲打下来，重新包装成小包，方便泡饮。小包上贴着小纸签，有"雅安茶厂"字样。这到底是什么茶呢？我上了茶厂的官网去看，这个茶厂，果然是专门生产黑茶。

巴蜀是茶文化的发源地，茶必是好茶。川人大多喝绿茶。川茶的三大产区，蒙顶、宜宾、峨眉，都产绿茶。蒙顶的茶味柔和，宜宾的茶味刚烈，峨眉茶味在二者之间，刚柔并济。雅安出产的黑茶，最出名的，是四川边茶，但很多人从未喝过，因为都是销往藏区和边疆。藏胞朋友煮的酥油茶、奶茶，都用的这种黑茶。

四川边茶，历史有一千多年，边茶又分"南路边茶"和"西路边茶"。南路边茶以雅安为制造中心，产地包括雅安、荥经、天全、名山、芦山和邛崃、洪雅等市县，主要销往西藏、青海和四川的甘孜、阿坝、凉山自治州，以及甘肃南部地区。西路边茶，则以都江堰市为制造中心，销往四川的松潘、理县、茂县、汶川和甘肃的部分地区。

喝茶，怕就怕认真二字，我一认真起来，老茶客们恐怕就会发笑。关于这一款黑茶，虽然我放着几年，不过是形同路人，彼此陌生得很。此次得缘相遇，加深些印象也好。我记得，以前在藏区朋友家里住过几天，早晚都喝酥油茶，里面一定就是这样的黑茶了。黑茶属于全发酵茶，茶叶茶梗都有，乌黑乌黑，像是绍兴的霉干菜，这就完全没有什么形色好讲。不像绿茶，冲泡之后，还有"目食"这说法。

温杯之后，沸水高冲，洗茶，继而再冲。过一会儿出汤，茶色明亮（茶汤中的黑渣渣就选择性忽视了）。香气不高，但是醇正。饮了一口，居然很意外，口味可以，一点儿没有苦涩感，入喉润滑。细品之下，还有老茶的香气——是不是叫陈味，我不知道。

有的人说，边茶因为原料并不优异贵重，茶的口味也就一般。而我喝了三泡，却对这茶益发喜欢起来。朴素是朴素的，滋味却很周正平和。这有点像我们老家，从前山里人自己制的粗茶，常常是些老茶梗，登不了大雅之堂，却受山里人喜欢——他们还嫌龙井、紫笋之类的太淡呢，完全喝不过瘾。

几泡之后，茶汤依然黄褐明亮，滋味醇香，揭盖看叶底，棕黑粗老，一派侘寂之色。

黑茶是刮油的，利消化，肉食者可以多喝。这段时间大门不出，二门不迈，每天只是坐着。坐久落花多。朋友看我这两天写饮茶笔记，就和我开玩笑，说整天就喝茶这一件事吗？是不是闲得发慌？不不不。其实忙得很，要听课，要看书，要嗑瓜子看电影，要做运动，还要琢磨一日三餐吃什么，还有，要喝茶。喝茶是把茶盘放在电脑边上，电脑上开着两三个文档，这边写几句，那边写几句；饮茶笔记也是这样，一杯茶，几行字，一杯茶，又几行字……如此而已。

我现在喝茶，也依然不十分讲究。没有寂静幽暗的茶室，没有雅致的瓶花与茶席，也没有用贵重的铁壶与精美茶器。即便是茶叶吧，也是普通的茶。这使我想起《茶道六百年》里的一个故事。珠光大师有位弟子叫善法，他连茶釜都没有，更别说茶具了，只有一个用来烫酒的小锅。他用这口小锅烧水、做饭，也用它煮茶。就是因为这位茶人，深得珠光大师的赞赏，并被记在《山上宗二记》中。所以，我想，茶怎么喝不重要，喝茶喝茶，唯其侘心可以追慕。二月十七日记之。

唯有美可以依靠

午后，在书房闲坐，看书，等阳光爬上我的背。

水沸了，开泡一颗茶。我却不记得是一颗什么茶了。上次去江苏，在太湖畔的拈花湾访一位友人，喝茶聊天半日，走时送我六枚包裹得像费列罗一样的茶叶团，盛装在一个木纹卷筒中。

一晃，有四五年了吧。

打开"费列罗"的锡纸，茶叶团虬结盘绕，叶质坚硬，颜色乌深，间杂一些乌金色的叶毫。单看，可能是普洱的生茶，等级还蛮高。梁慧在上海，喊我去喝茶，余心向往之，终不能往。要去，也要等春暖花开了——梁慧还说，喝茶，并且还想懂茶，那就喝那一个品类里最好的茶。此乃真茶人语。

茶泡开，出汤红亮，令人欣喜。这是第一泡，香气并不馥郁，茶汤入口，口腔却立时被饱满的涩味与苦味充盈。没想到这个茶涩味如此浓烈。过了一会儿，绵绵的回甘就来了。

我喝茶，并没有太多讲究，连茶人最讲究的水也是敷衍的。茶滋味的好与坏，历来是与水相关：山水为上，江水次之，井水又次之；井贵汲多，又贵旋汲；江水，取去人远者。再如，煮水的火候：候汤是最难的，如鱼目，微有声，一沸；如泉涌，又连珠，二沸；腾波鼓浪，三沸。三沸之后，水就老了，不可用之。现在，我是直接在净水器的过滤龙头上，接的自来水，又用的是电热水壶煮沸，滚了又滚，怕已是历经沧桑，老态龙钟。从正月初七始，我宅居杭城家中，最远的"远足"，不过是出得楼道门，丢了两三次垃圾。此刻有茶可以喝，已是幸甚，还求什么，转念一想，这水也如甘露山泉。

第二泡，茶汤落杯，阳光从我背后射过来，照在茶盘上，照在茶杯上，公道杯里的茶汤有着红酒的色泽。

一般的普洱，颜色没有这般的红。是不是我出汤的时间久了？忍不住去问友人。友人在齐云山闲住，正在山下晒太阳。她是过了很久才回复，说这茶居然还留着呢，这是云南勐宋的古树茶。

勐宋，傣语，意思是高山上的平坝。高山上的平坝，在勐海县的勐宋乡，我上次去访茶，没有去勐宋，奔了景迈山，在古茶林里见到很多的古树，蔚为壮观。还有一群马，从古树林里奔腾而过，闻得其声，继见其尘，声势浩大，却未见到群马。勐宋的古茶树，多为拉祜族人所种，树龄从一百年到五百年都有，保塘老寨古茶园，有棵古树已有七百多年。这样的老树茶，茶味霸道一些，是可以理解的——有什么不能理解呢，你若不理解老树，老树就更不会理解你。

到了三泡四泡，茶的涩味已经消退，太阳也缓缓落山。自然，我背后没有山，只有楼房，太阳西沉，照不到茶盘了。我发现茶汤此时已没有那么艳红。我觉得奇怪。茶汤在阳光底下时，居然有那么丰富的颜色变化。

这个时候，开始读一篇很长的文章。之后，打开一个视频，看了一个讲罗马建筑的节目。然后晚餐，饮了一点儿酒。酒，这些日子，每个晚上都来一点儿，有时是黑啤，有时是白酒。日本的清酒和烧酒也很清冽，却要挑地方和对饮之人。上次和朋友们去日本，住在高松，每个白天去小岛闲逛，每个半夜溜出酒店，到一间海鲜店喝酒吃夜宵，然后黑灯瞎火中回到酒店。记忆深刻。你看《深夜食堂》，那样简单的食物，喝酒也是简单的一杯，温在木器里，慢慢喝上半天，那是一种慰藉。

现在，不管是喝茶喝酒，都是独自喝着，未免也有些寂寞。这寂寞我是不排斥的。朋友说，他最多还能宅一个星期。我说，我还能宅一个月。茶还没有喝完，书也没有看完。去年乃至前年定的工作计划，不也仍然有一些没有完成吗？

手机，尽量不看，那么大的世界，那么多的悲伤。不说它，回避它，还是会有疼长久地留在人心里。要多长时间才可以抚平？对于很多人，也许一辈子也抚不平。这样的时候，还是需要宁静的力量。而，没有信仰的群体，唯有美可以依靠。想起施本铭说："艺术与美，就是我的信仰。"

六泡七泡，茶味绵延，涩味越来越淡，还有甘香。

要好好饮茶，才对得起这一天一天。二月十六日记之。

围炉

　　乡下的围炉煮茶，其实很朴素，炉子是一口铁锅，有时候是一个火钵。火钵是由粗陶制成，外面箍两圈铁丝，因为火钵烧着烧着，时间长了容易开裂。火钵或铁锅里头，装着柴火木炭。慢慢地，木炭就红起来，烧得炉子周围暖烘烘的。下雪的日子，山里实在是冷，大家就围着这么一个炉子取暖。雨雪天气，山路湿滑，更是哪里都去不了，一家人围着一个炉子看电视，一坐就是一天。

　　乡下还有一种取暖工具，火熜。围炉是一群人的火熜，火熜是一个人的围炉。火熜小巧，多用竹篾编出一个外壳来，还有一个提手可以拎着。以前老人家冬天晒太阳，一排靠墙根坐着，每人手上都有一个火熜，藏于腹前围裙之下，双手拢着，怡然自得。

　　火钵大，小孩子常在炭灰之中埋藏一两颗番薯，或是在火钵的铁丝网上搁两个苞芦棒子。过不多久，番薯和苞芦棒子就逸出甜暖的香气。火熄里就只适合煨一点儿精细的东西。比如煨橡子、板栗，或者用百雀羚雪花膏的小盒子装五六粒黄豆，放在火熄里煨。煨熟的黄豆有雪花膏的香气。

人坐在这样的炉子旁边，昏昏欲睡（也有可能是缺氧），就吃瓜子、喝浓茶。吃瓜子容易停不下来，烤火又容易嗓子发干，就多喝茶。大茶缸，泡老茶梗，一直炖在火钵上面，炭火在底下烤着，茶水就一直热得烫口。喝了半缸又添水，喝了半缸又添水。那时候有什么好茶叶呢，要是有十年以上的白牡丹，或者是三年五年的寿眉，也是好得很。现在人喝茶讲究。如果是围炉，那么要有好茶好器，煮水要用铁壶。其实围炉煮茶，越简单越好。简单才符合这慵懒的氛围。乡下围炉还有一点好，山泉水随时可取。竹笕从山间引水至屋角，木桶盛来，炉上煮沸直接泡茶，一杯复一杯。

围炉之时，还适宜吃一种水果，冻梨。冻梨是把梨子冻成一个冰坨坨。冻梨搁在碗中，在炉火上慢慢烤着，冻梨缓缓解冻。冻梨完全融化，用小勺子一点儿一点儿舀来吃，是一种乐趣，也可以在没有完全化开时，用牙一点点地啃，像吃冰激凌一样，也是一种乐趣。梨能清热润燥，生津止渴，最宜烤火时吃，而这个冬天咳嗽的人多，吃梨，或者吃小吊梨汤，都很好。小吊梨汤是老北京的风物，用冰糖和雪梨炖出来，围炉之时，顺便炖一壶小吊梨汤出来，烤火又喝梨汤，当是一件赏心乐事。如果有百合，小吊梨汤里也可以放一点儿。

火熄现在不易见到。我有一次在安吉，看到文创品商店有卖火熄的，但贵得很，要三百元一个。这就不是日用品，而是收藏品了。这仍是次要，最重要的原因，是那火熄材料簇新，油漆也上得光亮。我看看就算了。乡下的老火熄，经历岁月的竹篾现出棕红的旧色，边沿都被手掌磨出了包浆。那样的火熄要是被我遇到，几百元也值得买一个。二〇二三年一月十一日记之。

菖蒲

菖蒲这小小的草，城市中难侍弄。不过我也见到不少人，能把菖蒲养得很好，绿茸茸，活泼泼。比如蒲痴王大濛，他有一座园子，他在园子里植蒲、刻盆、画画、弄石，悠然世外。那座园子里有多少种菖蒲呢，我是数不清。虎须、金钱、石菖蒲、金边菖蒲、黄金姬，还有一些稀有的品种，有栖川、贵船台，等等。他终日与蒲相对，日长如小年。再如我的友人马国福，在南通生活，平日里插花，喝酒，大鱼大肉，大俗大雅，他养的菖蒲也好得很，放在喝茶的茶桌上。爱蒲之人都是雅士，读书人喜欢在书房里养那么一盆或几盆蒲草，算是一种清玩。

我家城市中的高楼，夏天朝南阳台，光照过于充足。出差几天，回来一看，阳台上的铜钱草、吊兰都晒蔫了，遑论别的花花草草。有一回把一盆菖蒲也晒蔫了，心里怅然好久。喜欢一样东西，就会被这东西所役，这也是毫无办法。人要做到旷达如草木，洒脱如流水，难也。有一年，我到北京学习四个月，就带了一盆菖蒲去。别的行李可以打包、装箱，唯这一盆蒲草连着石盆，是装在手提袋里拎着上高铁的。

高铁上，一盆蒲草在小桌板上微微颤动。火车风驰电掣，一路呼啸北去。

后来我同学向阳对我这一举动感到甚是惊异。他没见过这来自南方的菖蒲。后来看我买大桶的纯净水，自己泡茶喝，也给蒲草喝，也感到惊异。他有次写文章，就把这个细节写进去了。还有一个细节，我是南方人，喜欢吃笋；他是北方人，极爱吃面。我们有时去吃牛肉面，有时一起吃江浙菜，江浙菜里多有笋。有一次我跟他说："你吃了一根竹子啊。"四个月之后，那盆蒲草就留在北京了，也不知道后来长势如何。

菖蒲最宜在南方山野之间生长，在北方生存起来不容易，居京城就更不易。我从老家桃花溪里采掘的石菖蒲，算是菖蒲里头最好养的，生命力极其强盛。我给它装个石盆，草旁卧块石头，泥上铺点苔藓，做成个小盆景的样子。这样的石菖蒲，在乡下，就随意放在稻之谷的屋角，或围墙边的背阴处。天落雨，它接着；晨间凝露，它也接着。不用管它，自然长得欣欣向荣，叫人看了感到愉快。偶尔把这一盆草移到室内，置于案头，放在茶室，都生机勃勃，一派野趣。这样的石菖蒲，年年春天发得好。

城市里养菖蒲，就难多了。一年四季都是空调，菖蒲受不了。菖蒲喜欢自然，喜欢纯净清凉的空气，且空气须是流动的。这就是乡野之间才有的条件。有时往山中去，溯溪而上，看到溪中菖蒲极多，就觉得这是个好地方。难得啊。

文人喜欢菖蒲，也喜欢画菖蒲。金农有一幅《菖蒲图》，画面当中是三盆菖蒲，短而细密，长得真好。金农是"扬州八怪"之一，也算个蒲痴了，今天给菖蒲画画，明天给菖蒲娶亲，玩得很有仪式感。作家王祥夫，梅花画得好，算是梅痴，虽然他虫子画得也好。有一回，一起到贵州参加一个活动，在山寨里，晚饭时吃了不少酒，大家都有些醺醺然。后来碗碟收走，他唱了一段戏。又有人要他写字画画。于是，纸铺开，墨研上，一屋子的人排着队，要字要画。

那得画了多久？反正很晚了，估计画得酒劲都散了。最后他说，我给你画一幅吧。画幅什么呢？我说画个石头菖蒲吧。他就画了石头菖蒲。画完他又说，这要稍稍地上一点儿色多好。旅程之中，哪有人带颜料，最后，他取了一把茶叶泡了杯浓茶，竟是一层层地给菖蒲上了色。这幅菖蒲图我收着，在城市养不好菖蒲的时候，也可以挂画看看。二〇二三年一月十四日记之。

潮州的茶

　　去潮州是哪一年，我都记不确切了。似乎是两年前的夏天。这几年的日子过得颠三倒四，原本快活的旅行变成莫大的心理负担，真是奇也怪哉。去潮州，主要是奔着它的美食去的，潮州牛肉火锅、潮州鱼饭、潮州鱼生，早有耳闻，吾心向往久矣。那天是从酒店出发，按图索骥，寻去一家饭店吃鱼生，沿街走着，路过一家卖茶叶的小店。小店门口，三四岁的娃在地上玩，一个妇人在收拾一堆果实。那果实是一串一串的，像是桂圆，又不确定。我好奇，不懂就问，这是桂圆吗？妇人爽利地答，这是黄皮。

　　黄皮是什么，我那时并不知道。黄皮的味道，就更不知道了。见我疑惑，妇人就往我手里塞了几枝，说你吃吃看啊，吃吃看就知道了。潮州人真是热情。我于是摘了一颗塞进嘴里，那滋味又酸又甜，还带着一种独特气味。对方老的小的，就笑了，硬塞给我两把，我一看，几乎把人家一半的黄皮都拿来了。

　　手上抓着一大把黄皮，抬头去看这个小店，店面不大，店内架上摆着一桶一桶的洋铁罐，洋铁罐外边用红纸贴了一些什么字。一切都显得有些年头的样子。原来是卖茶叶的。就此拱手别过，我手上还拎着一串黄皮。黄皮这水果，酸能让人龇牙，甜又令人回味。我一路吃一路想，要是吃完鱼生，回来依旧路过这里，说不定可以买一点儿茶叶。

　　潮州的鱼生，听起来跟日料的生鱼片差不多，区别还是挺大。日料的生鱼片都是海鱼，潮州的鱼生则是用的淡水鱼，而且大多是草鱼。淡水的鱼生容易有寄生虫，不敢多吃，又禁不住馋虫勾引，还是要吃。听说潮汕这边的人，也好这一口，也听说有的医生同志，上班时候告诫人家，不要吃鱼生，不要吃鱼生，下班时间一到，白大褂一脱，他自己也上路边店去吃鱼生了。作为一个成年人，自己来承担这个风险和代价。世间的事情常是这样，知道后果，想来想去，还是去做了。吃鱼生，算是世间无数矛盾又复杂的事情里，最容易取舍的一样了。做鱼生比较考验店家的手艺，草鱼要生猛鲜活，杀掉剥皮，全程不可水洗，只用洁净的毛巾拭去水分。把鱼背上两侧的大鱼肉整片取下，挂在铁钩上，任其风干。要吃的时候，才取下来，切成薄薄的鱼片，铺陈于竹筛上。那切好的鱼片，一片一片，晶莹剔透，令人拍案叫绝。配鱼生的酱料，也有当地特色，有香菜、辣椒、柠檬、醋汁各样。取了鱼片，蘸着汁水一通搅拌，随即入口，鲜甜爽口，嚼起来柔韧带劲，果然叫人欲罢箸而不能。

吃了鱼生，顺便去古城看石牌坊。太平路上，开古钱币店的老江，邀我吃一杯茶。一开始，我当然并不知道他叫老江。他们两个人坐在小店门口，当街吃茶，茶盘小小的，盖碗也小小的，盖碗里满满的茶叶。老江倒出茶来，刚好三小盏。我对着茶碗拍照，老江便把其中一盏推到我面前，说来来来，坐下吧，吃一杯茶。这是潮州工夫茶。没事的时候，大家都这么坐在街头，吃茶，聊天。老江又邀我吃茶，我不好意思了，就端起来吃了一杯。

果然很香。这是凤凰单丛吧。老江对我点头，你懂茶啊。又问我从哪里来。我说浙江。他又倒出一碗茶，说再来一杯。我又吃了。坐在老江对面的，是他的老客，也玩收藏。他们就这么坐着，一边吃茶，一边聊天。古钱币店的名字叫"古来回味"。就这么路过，小小的机缘里，三五分钟，我坐下来吃了茶，拍了照，聊了天，知道了老板姓江。

告辞后，仍觉茶有余香。我想起之前茶叶店主的黄皮，便觉得潮州这里的人真是热情，似乎大家都友善，没有什么戒心的样子，随便就可以拉住路边的陌生人攀谈，随便可以拍照，随便也可以坐下来吃茶，好像是本来就认识的那样。

晚上回去，果然还是路过了茶叶店。这时候，店里是父子两个人守着。我看了一桶桶洋铁罐上的字，上面写着茶叶的品名，陈年单丛，凤凰乌崬单丛，乌崬宋种，老丛水仙，大乌叶，东方红，杏仁香，鸭屎香。我挑了三四样，各要二三两。我对这些名字好奇，纯粹是想知道各有什么不同的滋味。后来店家又从一个隐蔽的地方，拿出来一包茶，说这个茶叶不错，原来是一九八六年的黄枝香，我便也让他取了一些。

年纪大的是父亲，这时候让我先坐下来吃茶。夜色已然在街边深沉起来，行人渐渐少去。也是一样的小小茶盘，小小的盖碗，小小的杯子。他泡茶，我就问他的故事。他说自己四十年前就做茶叶销售，后来自己开店，卖潮州的凤凰茶，一直到今天。这个地方，是店也是家，做了一辈子的茶，也吃了一辈子的茶。

买了一堆茶，兴致很高，第二天上午在潮州老街吃了早茶，就想着要去潮州工夫茶文化博物馆看一看。打车找过去，又在巷子里走了许久，终于到义安路宰辅巷十号，却见博物馆大门紧闭。说是内务整理，那几天闭馆，不免有些遗憾。又去看开元寺，到了一看，也是大门紧闭。寺门前的三轮车夫说，他们下班啦，下班啦。我于是找了一间茶馆，坐下来休息，顺便又喝了半天的茶。二〇二二年十二月六日记之。

安福寺的梅花

　　几株梅花开得好，未曾想到的。两三株白梅，四五株红梅——到底是几株，我竟完全记不清了。只记得风吹过来，梅瓣落了一地。安福寺这个地方，随意午后来走一走，却在这样的随意里有了不期而遇的欢喜。风吹过来，还隐约有清清泠泠的声响，禅意悠远，循音找了好一会儿，才在屋檐下见着了一管一管的风铃。

　　卢姑娘领着众人上山。道旁有村妇拔菜，蔬菜青翠可人。又有低矮松树数株，正值松花开放，随手一碰，松花粉便如雾一般霎时四面扑散开来。松花其色不彰，松花粉却是这样热烈，纷纷扬扬。

　　从寺后上山，竹木苍苍，一直走到水穷处。卢姑娘也有十几年不曾来这里爬山了。她聊起一件旧事，二十多年前，她母亲来安福寺游玩，遇一老僧，老僧乍见，便道年内恐将留下一道伤疤。其母听之，疑惑不解。后果然有喜，不久，生下卢姑娘。而伤疤一说，亦是巧极，本是顺产的，久不下，才做了手术。卢姑娘说起这事，大家嘻嘻哈哈一阵笑，都说巧了，如果不是卢姑娘本人身上发生的事，也是很难令人信服的。

从山上下来，路过厢房，见一年轻僧人在饮茶。便上前立于檐下，行礼问道，可否冒昧向师父讨碗茶喝。师父和颜悦色，说可以可以，请进请进。遂进，与之喝茶。在座本有二三人，一起饮茶闲谈，吃松子，并进糕点。

这位僧人言谈风趣，收放自如，乃是寺院住持普清师父。普清师父向众人介绍寺院历史。安福寺是一座唐朝古刹，原名安文寺。南宋建都杭州后，宋高宗还赐给安福寺住持觉源和尚一件紫衣袈裟。又谈及陆游。宋建炎四年（1130年），陆游父亲陆宰，时任转运副使一职，因避乱，奉母携子逃到东阳，并会同当时内阁龚茂良及尚书晏景初，三家共百余人到安文寺避难。此地山清水秀，陆游在此度过无忧无虑的三年，至宋绍兴三年（1133年），才回临安、绍兴。小诗人陆游，在此留下一首《别安福寺僧》："避地到安福，与僧相往还。溪头分别去，黄鸟正鸣蛮。"此诗文辞清丽，而陆游方才八岁，果然大才也。

普清师父，住持寺庙已有五年。此前，在多伦多的道场修习。大概是视野广，言谈多新，与客交接不拘。饮茶间隙，转头望向窗外，似有花影飘飘，又闻钟声袅袅，举杯之间，茶香清逸，诸般皆佳。普清师父身后，壁上挂一画轴，画上是昭明寺的柳杉王。此树苍古，树干虬节，似有一个鸟头。

寺院大殿有不少楹联佳句，只记下一联："奚事扣禅扉，但有空门开觉路；本来无寿相，何妨五老踞灵山。"饮茶之时，咂摸此句甚久。

磐安这个地方，地处浙江之心。每年夏天，都有数千的上海大爷、大妈到磐安小住，一住就是两三个月。我曾问磐安有什么好，人家答，这里山好水好空气好，适合养生。想来，人对于自然，是更加地珍视了。

磐安出良药，乃药材之乡，"浙八味"里，有五味出自磐安，遂称"磐五味"。那一次从安福寺离开，我在县城中吃了一席药膳，道道菜都有讲究，药材入膳，滋养身心。药补不如食补。蒋公标先生沉潜药膳数十载也，独树一帜，亦一奇人也。

　　想到在磐安数日，诸般遇见，亦奇，亦平常。山水佳处，平常之中，自有欢喜相见。而其中最令人心醉神驰者，莫过于安福寺后的梅花，以及花影中的泠泠之声。

　　至于饮茶时的诸般言语，都一一退去，退出一个审美的境界来。我的意思是，"意义隐去的时候，审美才浮现。"这样甚好。到磐安去，似乎一切都可以忘掉目的。忘何所来，亦忘何所归。身心两忘，方得身心两安。二〇二三年三月十七日记之。

茶碗

　　下雨，晚春的气温突然又凉了下来。假期，枯坐书房读川端的《千鹤》，小说里写了很多茶室里的事。"拉门大敞四开，少女靠近门口坐着。少女的光彩似乎往宽大客厅昏暗的深处投了一缕光照。壁龛浅水盘上插着菖蒲花。少女扎的和服衣带上也是水菖蒲图案。也许偶然，也许不是偶然，毕竟是常规的时令衣着。壁龛插花是菖蒲而不是水菖蒲，无论叶片还是花朵都留得很高。感觉上是千佳子刚刚插好的。"

　　一只茶碗，或是一个水罐，历经数百年时间，在一任又一任茶人手上辗转和使用，也是一件奇妙的事情。

　　读这部小说的时候，因为老是说到点茶的事，我于是也去泡了一杯茶。

　　不过最近没有心思用盖碗泡茶，只是用大玻璃杯泡了来喝。春天喝茶，本来也应该喝一点儿早春的龙井，前段时间有朋友送来工作室，我却一直放着，过了谷雨，不久都要立

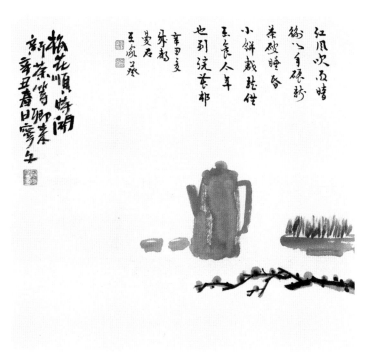

新茶等卿来 32cm×32cm 2021 年（与王家葵合作）

闲来心地如空水 66.6cm × 23.1cm 2018 年（罗邦泰题跋）

闲来心地好
空水静凝
天机见隐
澹澹董宁文
佳作季题
庚子之首秋
罗邦泰题

夏了，还没有打开来喝。想到喝绿茶时，不过是把旧年的龙顶取一些出来，喝得也还有味。

春茶是喝了的，上次——我都记不准是在哪里了，反正是喝到了两三次，也算没有辜负这一季春天吧。

茶室中是有插花的。《千鹤》中也写道，太田夫人留下的水罐，常用来插花，那是一只志野水罐。志野茶碗也美得很。"志野茶碗的白釉里隐约泛着微红，仔细观赏时，那红色仿佛要从白釉里浮出来似的。"

我近来常用的一只茶碗，是木叶黑釉盏。现在不是点茶，只是纯喝茶，其实用什么颜色的杯子都差不多。这只木叶黑釉盏因为有着显而易见的瑕疵，树叶边缘的纹样不干净，可见并不是什么贵重的东西。不过，反而因为这样，用它的频率却更高一些。似乎随手拿来就用，不用特地要珍重什么似的。其他的茶碗，譬如友人送的，总觉有情意在焉，轻易不怎么使用。譬如有一只莲瓣纹主人杯，是越窑青瓷里的秘色瓷，无事时拿出来欣赏过几次，却一次也没有使用过。

泡普洱来喝，加一块陈皮。这样略有些潮湿的天气，适宜喝普洱陈皮。上次友人给我送普洱陈皮，还附带送了我一个焖泡的水壶。送茶，又附带送水壶的，在我还真是第一次。

前不久，到南宋德寿宫遗址博物馆里录个读书节的视频，顺带着又看了一遍展陈器物。其中有一块瓷器残片，留有"茶阁"款，乃是德寿宫出土的定窑白釉印花牡丹纹碗。考古的朋友说，这个瓷片，年代当在金代晚期，与南宋差不多并行的年代。这只茶碗的等级非常之高，远超常规的定窑产品。只是当时定窑处在金人范围内，不知如何就进入了德寿宫呢？此中原因，尚无定论，考古的朋友猜测有这么几种可能性：一是下层阶级的人进贡给上层阶级的人；二是一批有身份的人专门主导着这一批高等级器物的南北贸易；三是南宋宫廷与金国宫廷之间的交流——想来因为南宋与金国之间的不平等地位，第三点可能性不大。当然，这也非定论。

在德寿宫里，也看到了黑釉的建盏，有兔毫，也有油滴，都很好看。这样的黑釉盏，到底还是要配合着宋式点茶来用才好。热水冲泡抹茶粉，再用茶筅在碗中回环击拂，将茶汤击打出洁白的泡沫，盏黑而茶白，那样子才好看。

南宋中后期，日本僧人到径山寺来学禅，一住数年。回去的时候，把径山茶和中国的茶经典籍带回国，一并带去的，还有建盏。那些建盏在日本上层社会流传，被人称作"天目盏"。南宋时期流入日本的天目盏到底有多少只，至今已无人可知。但有四件黑釉曜变的建盏，被人尊为"国宝"，其中三件，合称为"曜变三绝"。

现在也有人很喜欢和推崇建盏，但我以为，因为时下已不再点茶，推崇黑釉没有太大必要了。不过，这也只是个人之见。我想起来，我也曾有过一只油滴纹的建盏，还比较精美，用了一段时间。有一天阿姨收拾桌子的时候摔碎了。我的书房，乱是真有些乱，书和茶杯、茶碗，高高低低地堆叠。不收拾还好，一收拾，茶盏摔不摔的倒不重要，反而是一些书就不容易找到了。

上次在小区的水塘边，见到水菖蒲——我也是有浅水盘和剑山的人，本也想折花来插。后来想到书桌上早已满满当当，无有插针之处，遂也就打消了念头。二〇二三年四月三十日记之。

松子落

天气好的话，我会去找你。

一枝春意

　　写了几篇茶文章，便有人说我是"茶人"。我是那夏日稻田边大碗喝茶的人。我是那秋天屋檐下大口饮酒的人。但我更愿意我是个素人。一张白纸，什么都可以往上写。一个人怕就怕，早早已经写满了，纸上密不透风，想插枝小花都没空地方（更别说插上一脚）。

　　所幸还有点玩心。有玩心，可以喝茶。

　　这茶细细碎碎的，褐黑之色，倒一点儿在手掌，看来看去不像茶叶的样子。晃动晃动铜皮罐子，倒是铮铮然有金属声。掰开一粒细看，有点像陈年老树皮，朋友说，这是熟普的老茶头，熟普里面的一种。也就是说，普洱熟茶在渥堆时，堆在底下的部分，处于高温高湿环境，茶叶里的果胶流积，使底部茶叶黏结一处，形成茶块。这就是老茶头。对了，也有人叫它"碎银子"。

　　碎银子，这名字使我想起从前行走江湖的人。行走江湖最要紧的是什么？是要知道人世间总是有坑的，坑里总是有水的，有些坑里的水还挺深的。譬如普洱茶的故事，就是一部风起云涌的电影。普洱茶火的时候，据说就跟两三年前的"屁吐屁"一样，都是风口上的澳洲大火，扑也扑不灭。到了二〇〇七年，算是歇了，普洱茶市场崩盘。我觉得是这样，资金这个东西，狠角色，瞅着什么炒什么，没有炒不起来的。炒房、炒煤、炒钢，也炒鞋、炒肉、炒大蒜。炒口罩和双黄连，那是前不久的事。听说这两天又开始炒茶。这就是水深的意思。水深，说明什么？哈，说明有坑。

茶这东西，我喜欢它是因为，喝茶的心，就是玩心。喝茶不像喝酒。喝酒可以人多，不能人少。喝茶可以人少，不能人多。譬如说吧，一个人喝酒，那是郁闷。一个人喝茶，便是悠闲。十个人喝酒，那是热闹。十个人喝茶，那就是谈判——表面上呵呵呵，背后都别着菜刀。

说起来，庚子年是我的喝茶元年。庚子年正月，是我的喝茶元月。以前天天喝水，喝水如喝茶。现在天天喝茶，喝茶如喝水。所以，茶叶的好与不好，对于我来说，真不是决定性的因素。某兄说，我喝茶喝出了酒意。其实茶喝多了，的确是容易有酒意——茶也能醉人。

喝茶的时候，可以随手拿本书来翻翻。今天这本是《子规岁时》，日文版，在道后的子规纪念馆买的。俳句诗人正冈子规，和夏目漱石是好友，书信往来频繁。他很有名的一首俳句是：

　　我去你留，

　　两个秋。

这是子规记一次离别的——他要从松山去东京，夏目漱石则继续逗留于松山。两人分别，时在秋天，子规有感记下这样的别离。浅白的字句，却有深沉的情感。此正如他的文学主张：感情的文学，即纯粹的文学。又说，美的标准，在于美的感情。

翻开《子规岁时》这本书，查到二月二十七日这一首，用翻译软件译了一下，词句混乱："韭剪却借酒，去隔壁哉。"即便这样，也可以揣度一下字间的诗意——端起茶杯，喝一口茶，想一想，再喝一口茶，仍然揣摩同一句话。正冈子规三十六岁去世，在病床上写了随笔——《墨汁一滴》。他说：
"比起人事来，我更爱花鸟风月。"

在道后，给我印象最深的，不只是它的温泉，还有就是，
我们居然在一家卖衣服的店里，发现它同时在售卖二手书。
于是找了半天，翻出好几本书来买下，我最开心的是，找到
一本与谢芜村的画集。晚上抱回旅店，翻了很久。

将这"碎银子"，泡了又泡，茶味还浓。夜已深。这些
日子倒也好，平白多出来些时间，可以喝茶，可以翻闲书。
就好像一张纸感觉已经画满，忽然又翻出新的一页，虽然荒
荒凉凉的，却觉得富足，不愿意一下把它画满。

还可以干些什么呢？想起正冈子规的一句话：

把一枝寒梅插在袖子里，

那就叫作春意盎然吧。

二月二十七日记之。

四喜临门

自从看了那部叫《黑水》的电影，第二天我就把家里的不粘锅丢进了垃圾箱。锅这个东西就是这样，平常用着用着，也没觉着不合适，有一天突然听到人家说，这锅不行，有毒，就恨不得马上甩锅。当然这事，我成功了。抱着一个纸箱，戴着口罩（监控都识别不了），在电梯里我是隔了一层纸巾摁的电梯钮（害怕留下指纹吗），更像是不良分子的行径了。出电梯，出楼道，四面无人，直奔垃圾箱，把两口锅哗啦一下丢了。甩锅成功，大快人心啊。

然后去了一趟车库，拿东西，打开后备厢就惊呆了，有两箱快递——这还是过年前收的快递。余无快递久矣——看看标签，没有寄件人信息，左想，右想，一路走到家都想不起是谁寄的了。打开箱子见分晓。果然，其一是两本书，曹晓波著《百人口中的百年杭州》上下册。翻了翻，有意思。曹先生，我在报馆工作时常打交道，老杭州一枚，一口地道杭州话，一个地道杭州通，这座城市天上的事情他知道一半，地下的事情（包括地底下的）他基本都知道。和他聊天，聊着聊着就从地下聊到了天上。书里有一篇《为蒋介石开车的那几年》，我翻开一读，就忘了另一个快递。直到后来，口渴，要去烧水泡茶，这才启开第二件。啊，两饼老白茶——"革登"老白茶。啊，还有两筒香，龙涎红土，棋皮沉香。这是谁寄给我的呢？我抓耳，挠腮，坐下，立起，愣没想起来。我得跟人说一句，道声谢吧。烧水，温壶，温杯，把这一饼二〇一五年的茶掰下一块，投茶，洗茶，泡茶，把茶汤倒进公道杯。茶汤是红的，仿佛红茶一样浓郁。饮一杯，居然第一泡，就喝出白茶特有的甘甜及清芬，入口润滑，然后出来红茶的醇厚，好茶。喝着茶的时候，我把记忆的锚点往前推，再往前推，一直推到了过年前——啊，是安安静给的茶。

安安静也很爱茶。上次谁说呢，对待茶，最好的方式是把它忘了。有一天，许是五年后吧，许是十年后吧，突然角落里翻出一饼茶来，那种捡到出土宝贝的喜悦，如同中了大奖。所以我觉得，玩茶，真是一种修行，是时间磨炼内心的结果。像我现在道行太浅，年前到今日也不过一月有余，我从后备厢里发现老茶，已欣喜若此。若是五年后十年后发现老茶，岂不高兴得痛哭流涕？

这茶越喝越高兴，果然是因了茶好。由此体会到，看书要看那个领域里最好的书，喝茶要喝那个类别里最好的茶。话是这样说的，没错，看花也要看世上最美的花。但是有时候，岂能尽如人意。看书看人，看茶看花，高兴就好，但求无愧我心。这样一想，茶就更好了。

傍晚收到短信，临安山里快递出来的春笋已经送到，想到晚上可以吃到天目笋了，不禁开心。于是戴着口罩下楼，抱了十斤春笋回来，想起那句话：春天到了，我扛春笋去看你。回来路上，收到叮咚一声短信响，某晚报汇入税后稿费一千四百余元，真是雪中送炭，如此困难时期发稿费的，都是好人好报。心算了一下，可买春笋一百余斤。想到今日四喜临门，不禁大喜过望，好不容易平静下来，回来坐下，继续喝茶。二月二十八日记之。

拦门帖

有时喝茶不是为了喝茶，喝茶是为了读书。就好像，有时喝酒不是为了喝酒，喝酒是为了流眼泪。谁知道呢？事情不总是跟看上去的一样，有时候还会拐弯。也正因如此，大师才会说，"吃饭时吃饭，睡觉时睡觉"。看起来这是多么简单的一句话，但是——是啊，很多人做不到。

读书，读到一帖，苏轼的：

"道源无事，只今可能枉顾啜茶否？有少事须至面白。孟坚必已好安也。轼。恕草草。"

写的时候，不是当书法写的，只是一个便条，邀好友道源前来喝茶，顺便说点事。好就好在这里。写字，跟写文章一样，难的是随便。一端起来，那就完了。这件《啜茶帖》，宽十八厘米，长二十三厘米，比一张 A4 纸还小一些，也就二十二个字，如今收藏在故宫博物院。这样一幅简短的手札，平淡质朴，成书法史上的名作。苏轼自己论书，也说："书初无意于佳乃佳尔。"愈是平平常常随手写来，愈见自在的心性。

宋人喝茶，跟我们现在喝茶不一样，那时是点茶。用一个茶筅，在碗里不断击拂，使抹茶融入茶汤，茶汤表面又形成雪花一样白色的泡沫。点茶点得好不好，一看泡沫多不多，二看时间久不久。《梦粱录》上说，"烧香点茶、挂画插花"是当时文人四般闲事，所谓"闲事"，并不是"无关紧要、无甚意义"之事，而是一种不易获得的生活状态与人生体验。换句话说，"闲事"也许才是要紧事。

苏轼写下《啜茶帖》，正是初遭贬谪之时。元丰二年（1079年）苏轼在湖州任上，因"乌台诗案"获罪，次年元月，被流放至黄州。这是苏轼人生中的转折点。他在黄州时生活困顿，朋友马正卿替他弄来一块荒地，他在那里栽种瓜果，也种了很多茶树。他在《问大冶长者乞桃花茶栽东坡》这首诗里说："磋我五亩园，桑麦苦蒙翳。不令寸地闲，更乞茶子艺。"这是一片东坡，种着种着，他就成了"东坡居士"。

读这样的手帖，我就想起了前些日子流传在网上的两幅"拦门帖"。"拦门帖"名字是我起的，贵州某地挂在村寨路口，毛笔字写在木板之上，使人得见汉字之美。这两幅字，一是《疫情帖》，一是《别来我家帖》，在我看来，比那些正儿八经写了，准备送评省展、国展之类的作品要好得多。好就好在，随便。如果要评防疫期间优秀的文艺作品，而恰好我是评委，我会推举这两幅字，"无意于佳乃佳"。当然更重要的一点是，文艺的功用，于此体现得淋漓尽致，那便是无论多么困顿的时刻，文艺亦有它自己的功用，那便是滋养与抚慰人的心灵。在这一点上，它与茶的功用几乎一样。三月四日记之。

天气好的话，我会去找你

走到旷野里，看见花，再看，还是花。

花花花，花花花。

走到春山上，还看见芽。芽芽芽，芽芽芽。

惊蛰前一个礼拜，春儿说，等新茶上来，第一时间给我寄，请我品品她家乡的茶。她家乡是余姚。结果今天就收到了，这茶叫作"瀑布仙茗"。

浙江的茶，基本都是绿茶。周作人说，喝茶当于瓦屋纸窗之下，清泉绿茶，用素雅的陶瓷茶具，同二三人共饮，得半日之闲，可抵十年的尘梦。周作人喝茶，基本也就是绿茶。"讲到质，我根本不讲究什么茶叶，反正就只是绿茶罢了，普通就是龙井一种，什么有名的罗岕，看都没有看见过，怎么够得上说吃茶呢？"

喝茶是喝茶，文章是文章。茶喝得多，文章不一定好，反过来也一样。周作人"喝茶当于瓦屋纸窗之下"一句，可抵多少碗茶？

　　我去余姚摘过杨梅，知道余姚最可引以为豪的是河姆渡。瀑布仙茗，出在余姚的四明山区，一个叫瀑布岭的地方。茶圣陆羽，在《茶经》中转引今已失传的《神异记》关于西晋"虞洪获大茗"的记载，先后在《四之器》《七之事》《八之出》三处写到瀑布仙茗。茶圣一句话，替余姚茶农省了多少广告费。陆羽说："浙东茶叶以越州为上，余姚瀑布仙茗尤佳。"所以余姚，茶也可自豪。

　　陆羽没有到我家乡常山去过，十分遗憾。直接后果就是，常山至今没有一款叫得响、拿得出的茶。这两天我翻遍了《常山旧志集成》，翻来翻去，也没有找到关于茶的只字片语。

　　以前我到常山几个偏僻山乡，在毛良坞、新昌简陋的乡政府办公室喝茶，乡长们拿出的也是当地的茶叶。并非本地不出茶，只是没有名气罢了——有一个小村庄，就叫作"茶源"，敢说那里无茶吗？

　　言归正传。惊蛰之前的瀑布仙茗，真个都是嫩芽头。看看包装，三月二日生产的，不过三四天，一叶茶就从枝头抵达我案头。把茶叶捧在手掌之中，一一清点：

　　一颗芽，两颗芽，三颗芽，四颗芽，五颗芽……

有人认真数过，一斤瀑布仙茗绿茶，有五万六千颗芽头。

那么一两茶，便是五千六百颗芽头。

泡了一盏茶，水雾升腾之中，看见澄明的茶汤里嫩芽翩翩起舞，杯中绿意盎然。一盏春天在手，茶香沁人，仿佛人在春山，山色沁人也。

所以喝绿茶，喝的乃是对春天的一片想象。云雾，花香，早春的凉意，山野的声音，都在一盏春茶之中。若没有了想象，这茶，也不过是几片树叶而已。

庚子年的春天，闭门不出的人，尤其需要想象。在想象中铺陈一个春天，构建一座山野，并且勾画出一弯茶园，茶园之中，最好有一竹亭，竹亭下设一茶席，坡上采的野花，随手插在瓶中。

在想象中，茶烟袅袅。

有一部电视剧，名字很特别——《天气好的话，我会去找你》。看这个名字，我以为是日本的，其实是韩国的。我最近看了很多电影，却不看电视剧。想必此剧十分治愈吧。昨日惊蛰，惊蛰之后，气温总归一天天地高起来了——我去找你喝茶。三月六日记之。

待俺一样一样喝过来

　　我对潮州印象最好的是潮汕粥，以前到广东出差，到了晚上就想喝潮汕的砂锅粥。其次是知道潮州人很会做生意，这源于听说过一个段子：

　　一位高僧问潮州人，如果给你一根鱼竿和一筐鱼，你选哪样。一个潮州人回答，我要一筐鱼。高僧听了，摇头笑道："施主肤浅了，授人以鱼，不如授人以渔，这个道理你懂吗？鱼，你吃完就没有了，鱼竿你可以钓很多鱼，可以用一辈子！"

　　高僧说的，当然很有道理。但潮州人说："师父此言差矣，我要一筐鱼，然后把它卖了，再去买几根鱼竿，一副麻将。鱼竿可以租给别人，我收租金。麻将呢，钓鱼的人空下来了，还能陪我娱乐娱乐。"高僧合掌，阿弥陀佛，先告辞了。

　　这当然是玩笑的话（感觉也像是在说温州人）。不过，我有一年夏天在北京，遇到一位艺术家，的确深为他的故事所折服。他早年开广告公司，后来一心从艺，画画、写字、喝茶、搞收藏、做景观设计、策展，在草场地艺术区开了一座美术馆。老实说，你都不知道他的主业到底是什么，在他那里，艺术与生活，生活与艺术，就这样融为一体。这位艺术家就是潮州人。而上面那个段子，也就是和他一起喝茶时，听他说起的，这颇让大家笑了一回。

两天前，一位潮州朋友，给我寄来两盒凤凰单丛：一是乌岽鸭屎香单丛，一是乌岽杏仁香单丛。鸭屎香，我以前只听说过，没有喝过，对这个名字很惊讶。鸭屎，能好吃吗？我是养过鸭的，鸭屎怎么能是香的呢。我听说过"猫屎咖啡"，这东西很奇怪，说是把咖啡豆喂给猫吃，经过猫的肠胃那么一搅和，再原封不动地屙出来，从猫屎里把这咖啡豆挑拣出来、烘干、磨粉，有异香。这咖啡是很贵的，平常也不容易喝到。

既然恶趣味了，就继续恶一下。有一种很奇葩的食物——牛瘪，黔东南一些地方的独特美食。用的原料，是牛胃里的食物残渣，叫作牛瘪。那玩意儿，是食物经过牛的反刍和几个胃的来回折腾，搅拌，发酵，消化，变成了一种黄绿色的半残渣状态，煮出来一锅汤，黄糊糊绿糊糊的，可以说是，至上的美味。

牛瘪我是没有吃过，也不知道敢不敢吃。听吃过的朋友讲，那玩意儿"没煮之前臭草味，煮在锅里牛粪味，入口之初微苦味，吃完之后有回味"。我想，牛瘪再臭，也臭不过臭豆腐和臭鳜鱼吧；连很多人避之唯恐不及的榴梿，我也觉得不过尔尔。那么牛瘪，也算不上什么大事。

再说这鸭屎香，名字就异常接地气。不像江南的茶叶，名字一个比一个诗意文雅，飘飘欲仙，好像吃了就可以得道升天。若是反过来，人喝了这鸭屎香，就可以下凡俗一回，倒也很诱惑人啊。谁不知道人间比仙界还热闹呢，但如果你非说这是假的，那也没办法。

潮州的凤凰是座山，鸭屎香正是出在凤凰山上。说起来，茶叶其实并非鸭屎的味道，此名得来，是因这茶生长的土壤色黄，肥沃，颇似鸭屎，才叫了这个名字。这样的说法，我总觉得敷衍，听了还是呵呵一笑，但如果都这么说，姑且也就这么听着好了。中国很多地方的风物，都有传说，也都很敷衍，大概原意是并非想要人相信，才故意编得那样粗陋吧，想来也是有趣的事情（至今很多事情依然如此）。

　　凤凰单丛是属于半发酵乌龙茶，介于全发酵的红茶，与不发酵的绿茶之间。这茶叶片肥壮，条索紧结，近闻有干香。我以前喝不惯乌龙茶。这回才知道，乌龙茶不该像绿茶那么喝，而应该用茶壶冲泡，不过二三秒钟，就应该出汤。十水以后，时间可以略长，五到八秒出汤。这样冲泡出的茶汤，不苦不涩，最好喝。我这样泡了一壶鸭屎香，好生清鲜，且饱满顺滑，回甘也快。

　　所以，茶好不好喝，真不只是茶叶本身的事。再好的茶，知音难觅，徒叹奈何。喝茶时，将刚取的快递拆了，是两包书，《了不起的盖茨比》《咬一口昭和回忆》《中国书写：二十四节气》《履园丛话》等。闲翻。这些天收到的茶也多，一款十年的西双版纳古树生普，一款熟普，一款绿茶。书多茶多，忽然又觉得时间不够用了。

　　著名僧人八戒有一句名言：不要拉扯，待俺一家家吃将过来。我很羡慕这样的状态。窗外建筑工地上，轰轰的打桩机的声音不间断地传来，今天又接到三四个推销的电话，看起来这世界重新回到了先前热闹的状态。我的电脑屏幕上，又开启了七八个窗口，多线程任务处理系重新上线，怎么就一下子又忙起来了？于是喝茶——起身，加水，泡茶，出汤，品饮，对自己说，要那么着急干什么，待俺一样样喝过来。三月十日记之。

鸭屎香喝了又喝

　　这样的清晨，如在乡下就好些，扛把锄头去做事，无事也可坐在檐下听鸟啼。在城里会无聊也无奈。泡了茶，暂不想做事，取《咬一口昭和回忆》来读了两篇。读完《鲷鱼烧的边缘》，就慨叹日本人的审美真是细腻。作者森下典子，也即《日日是好日》的作者，一写茶道，一写食物与记忆，篇章中的人物对话、边角细节，落笔极尽精微。譬如，写到自己是小孩子时，见平生没有吃过的菠萝面包散发诱人光泽，忍不住想象它的极致美味，而过了很久终于吃到，现实与想象中的大异，带来那小小失望；再譬如，她一直不喜欢吃茄子，喝妈妈做的茄子味噌汤时，会用筷子把茄子戳到一边，让它"漂流到碗的对岸"，再趁机赶快喝汤。读这些细节，如在看日本动画片，小孩子的萌萌口音与印象中台湾腔调的翻译，都是很可爱的感觉。

　　最近几乎每日都买春笋吃。到了下午四五点钟，就觉得肚中辘辘。晚上写东西到十一点，也觉得饿了。就心生奇怪，后来恍然，乃是喝茶喝的。连日饮食清淡为主，没有大鱼大肉，腹中没有什么油水可刮，而鸭屎香喝了又喝，不免生出饥饿之感。人都说鸭屎香刮油。过些日子称称体重，看能不能减去一点儿肥。

网上订购的书，尚有一包未到。最近买书颇多，书架又需清理一下，把不用的书，运回乡下去——还是觉得，这样的日子要在乡下，应该会更清静一些。三月十一日记之。

喝茶丢掉形容词

刚入媒体时，有一位前辈跟我说："写稿子，不要出现任何形容词。"他补充道："在任何地方。"

时至今日，我觉得所有初入行的新人都应该感谢愿意教你的人。这样的人已经不多了。那时候我写过不少文学作品，却根本不知道新闻应该怎么写。这时候有人点拨一两句，要好过自己在黑暗中摸索一个月。要是你写"那是一杯滚烫的水"，若在新闻里，这句话就不该出现。你怎么知道水是滚烫的？——他端起杯子又突然放下，用嘴去吹手指头。所以，你只是看见他做了一个动作，但你不知道那杯水是不是烫的。不要给任何事物下判断，因为它不一定是真的。他端起杯子又放下，用嘴去吹手指头，并不说明那杯水是热的——恰恰相反，也许是太冰了；或许水是温的，而他是一名演员。

当然，这里的稿子指的是消息稿。这种稿子看起来很简单，字数不多，有时不过三五百字，但常人并不了解背后的秘密。很多看起来简单的东西，往往越难。久病成医，看新闻，现在大家明白了，字数越少，事儿越大。这和喝茶一样。喝茶，无非茶叶与水，两样东西，变幻无穷。围棋也是如此，黑白两道，玄而又玄。

比喻也应该警惕。苏轼说："从来佳茗似佳人。"佳茗如何，佳人如何，说了等于没说，全飘到了虚空之处。苏轼还把西湖比作西子。西施当然是佳人，那么一杯好茶，近似于一座西湖？如此说来，倒也无妨：从一盏茶里，喝出一座西湖来。如果从一盏茶里，喝出一座青海湖，喝出一条钱塘江，那也是允许的——就看喝的人，气魄是不是够大了。

真喝茶的人，从来都极讲究茶与水，《茶经》以降，莫不如是。"其水，用山水上，江水中，井水下。其山水，拣乳泉石地慢流者上，其瀑涌湍漱勿食之，久食令人有颈疾。又多别流于山谷者，澄浸不泄，自火天至霜郊以前，或潜龙畜毒于其间，饮者可决之以流其恶，使新泉涓涓然酌之。其江水，取去人远者。井取汲多者。"从陆羽开始，一代一代喝茶的人，都极其讲究取水，文献简直汗牛充栋，随取两例：

今武林诸泉，唯龙泓入品，而茶亦惟龙泓山为最。盖兹山深厚高大，佳丽秀越，为两山之主。故其泉清寒甘香……又其上为老龙泓，寒碧倍之……（田艺蘅《煮泉小品》）

泉品以甘为上。幽谷绀寒清越者，类出甘泉，又必山林深厚盛丽，外流虽近而内源远者。

泉甘者，试称之必重厚，其所由来者远大使然也。江中南零水，自岷江发流，数千里始澄于两石间，其性亦重厚，故甘也。（徐献忠《水品》）

数一数，有多少形容词？多少是主观臆断？说茶论水，自然不是新闻稿，不必太过较真；而作为饮茶说明文来对照，就实在使人如坠云里雾中。这些代代相传的饮茶秘籍，为何至今流传不衰，或正因其玄而又玄，无可落实之故。如此一来，煮泉品茗就成了雅事，成了一小部分有钱有闲阶级的高级享受，即便有的人后来也有钱有闲了，也想饮茶，却无与此对应的饮茶艺术审美能力，则必然也会被挡在高高的门槛之外。

茶之典籍的行文，便是使茶神秘化，使之高抬身价。这也使得今日卖茶、饮茶之人，依然把这些过时典籍奉为圭臬，如若不然，"泉甘者，试称之必重厚"，这样显然有悖今日科学常识的句子，早就作为糟粕弃之九霄了。

　　今日饮茶，显然很难，怎么喝才能喝出高级感呢？这依然是一门高深的学问。近日闭门吃茶，就认真研读几本茶书，发现论及茶的口感，有一些常用词句：陈韵绵长、层次丰富、香气内敛、茶水分离、茶汤爽朗、舌底鸣泉、药香浓郁；"甘甜"或"苦涩"之类都是最粗浅的层次。沏了一壶茶，我温壶洗杯，倒出一盏，准备品饮。接下来玄妙的时刻到了：这口茶味道怎么样？

　　唔……（这是一个很难回答的问题，毕竟入行太晚，浸淫不深。）

　　在这一点上，我倒是更欣赏日本的茶道，茶喝到最后，就是一个枯寂。可以讲究茶室的布置，把稻草切成短短的样子，跟泥土搅拌在一起涂抹墙壁，使之形成沉静朴素的颜色；可以是一间低矮的草庵，人须弓着身子才能进入，拉开窗户，则屋外的绿色逸入室间；饮茶的程序和礼仪可以烦琐复杂，要很长的时间才能做好饮茶的精神准备——唯茶器、茶叶可以简单，简到极致乃至粗陋，那也无妨。这种精神性，才是茶最可珍贵的地方吧。所谓茶道精神，是需要抛弃所有的浮华、富丽，抛弃物质、身份，顺便抛弃形容词，才能抵达的自由境界。

我不太愿意读那种从头到尾都是形容词，每个句子都是比喻的文章（人皆谓之"文采斐然"也）。事实上，我根本读不下去。周作人的文章，后来越写越涩，越写越寂，我以为日本的茶道精神与审美，对他是有深刻影响的。文章丢掉形容词，喝茶丢掉形容词，如此一来，也许更接近为文饮茶的本质。

想当年初入媒体，因了写新闻稿的训练，我知道"的""了"都是废字，务必尽去；形容和比喻也是毫无用处，徒显幼稚；"也许""好像"绝不允许出现；"不但""而且"丢掉也无任何影响；所有出于主观判断的词也一律摒弃，冷热，好坏，香臭，甘苦，都只是你的一己之好；标点之中，逗句冒引已基本够用；最后一条，"勿超八百字"。如此这般，在我今日喝茶之时，可能也会有用，请容我一试。三月十三日饮生普与绿茶并记之。

老茶老书

新到两堆书。一堆是，商务印书馆《中国古代的隐士》，四川人民出版社《寻访中国传统文化：隐士》，又把纸页发黄的旧书从角落里翻出来："读书人"系列，比尔·波特著《空谷幽兰》、周语著《白云深处》。如此堆集一处，有空再读。

另一堆是，凤凰出版社在十年前出的"近代学术名家大讲堂"系列，《余嘉锡讲目录学》《钱基博讲古籍版本》《柳诒徵讲国史》《蔡元培讲伦理学》《鲁迅讲小说史》《蒋维乔讲佛教》《郑振铎讲文学》《杨树达讲文言修辞》等十余册。因系旧书，刚从网上买来，总价亦不过二百元。

四时一刻，斜阳暖背，开饮二〇〇九年西双版纳古树生普。茶也十年，书也十年。老茶老书，都有一种温润气。茶系友人前些日子特意寄来。我用紫砂壶来泡。第一泡，入口微甜，有轻微发酵的酸味。第二泡第三泡，味道缓缓出来，涩苦或是甘甜，味道都刚好。我有一年去景迈山，到茶农家里买了些生普散茶，一大袋子，喝久了，口舌居然留下记忆。后来两年多没有再喝。此番重饮，潜伏的味觉居然一下被激活，使人惊觉，原来味觉记忆可以在舌上留存那么久。

　　"沏茶时，重的东西要轻轻放下，轻的东西才重重放下。"世事飘荡，人间悲苦。时代的灰尘，落到个人头上，就是一座山。喝茶的时候，想到这些事，轻轻放下。小小的茶杯，接上茶，双手捧起来饮茶，饮完复又郑重地放下。十四日草草记之。

忙肺

并非要写一本茶书。

只是玩而已——喝茶，原本就是玩。现在的人，容易被手机牵住鼻子，碎片信息充塞两眼，人的心气就浮躁，喜怒哀乐，也都不随自己，随了手机。

不如做一点儿长情的事情。春天里植树算一件。小小的树苗栽下去，慢慢等着吧，冒一片新叶出来，再冒一粒新芽出来。这个事情急不得。一天看三回，没用。种水稻也是一件长情的事情。种下去了，就不能不管，一道一道劳作多着呢，春天，夏天，秋天——终于成熟了，收割，获稻。到了第二年春天，桃花一开，布谷一叫，又记起种水稻这件事了。还有，养菖蒲、养苔藓，也算一样，尤其是苔藓，没个三年五年，还真看不出来什么变化。

喝茶也是。

喝茶的长情在于，好些茶都得放放才好。放个十天半个

案头闲趣 28cm×28cm 2021 年（与张叹凤合作）

闲喫清茶
42cm × 42cm 2021 年
（与龚明德合作）

闲思 28cm×28cm 2021 年（与王家葵合作）

月，半年一年，那不叫长情，一般都得放个三年五年。

稻友安安静，前两天给我寄一份文件，顺便寄来一包老茶，标签上的字就吓我一跳："一九八〇年代老六堡茶"，"槟榔香，香浓陈醇，汤色红浓"字样。掐指头一算，这茶简直比我还年长。开喝之时，我是不是得尊称它一声大哥？

同天，又收到云南文友艾文华寄来的茶。小艾九零后，诗人。写诗怎么赚钱糊口呢，就顺带着卖茶。这是好事。我说现在写文章的人，卖文为生，就无可为生。一般能干的人，要么不写了，要么写字之余，匀出时间干点儿别的营生。否则，靠稿费是活不下去的。有人卖画，有人卖酒，有人卖茶，都好。我文字之外，无甚可卖，只好去种点大米——大米也主要是父亲种的，卖了钱我就交给父亲——盘算一下，还不如我卖文来得多！所以，要改行，也得慎重选择，至少要选一样能卖钱的东西，比如卖房，肯定就比卖米好。

小艾寄的茶，有个古怪的名字，"忙肺"。"肺"在这个春天是个敏感词。"花朵"在这个春天，不，在每个春天，都是敏感词，蜜蜂才能找到它们。肺和空气、水一样，珍贵到我们平常都忽略了。早几年有个电影，《疯狂的赛车》还是《疯狂的石头》，里边有句俚语"顶你个肺啊"，火了一段时间，现在江浙这边也没有人再说了。所以"忙肺"这个词很有点儿意思。忙，也是个敏感词——难道不正戳中了当下人的心病吗？一个个都很忙的样子，也确实忙。忙个什么劲呢，又不大说得上来。反正是通病了。有一年，我因为种田卖大米，到北京参加一个新农人大会，对一个农产品营销案例印象很深刻。他们给一种青杧果起了个名字"瞎芒"，广告语是"谁的青春不瞎芒"，结果，杧果就卖火了。听说买"瞎芒"的都市白领，都是一边啃着杧果一边怆然泪下的。

因此，我一看"忙肺"这个名字，就觉得有网红的潜力。我问小艾，"忙肺"什么意思呢，是不是"忙你个肺"的简称——用来做茶名，很互联网。这下才知道，"忙肺"是山头的名字，在傣语里面意思是"河谷间的山岭"。云南产茶的山头，现在太多了，名字也很多。比如，第一次见到"冰岛普洱茶"，也很新奇，难道是那个北欧的海岛小国家？想多了。冰岛是云南省临沧市境内勐库镇的冰岛村，冰岛村产的大叶种普洱茶，回甘持久，甜味浓厚细腻一些。还有一次，看到"昔归"两个字印在包茶饼的纸上，简直惊艳——太唯美了，太诗意了，还带着淡淡的忧伤——有没有？结果，人家"昔归"也是地名，云南省临沧市临翔区邦东乡境内的昔归村，有一座山，"忙麓山"，该山是临沧大雪山向东延伸靠近澜沧江的一部分。"昔归"要是翻译一下，意思是"搓麻绳的地方"——当然，也很诗意：昔日归来，人面桃花相映红，一个女子在那里搓麻绳；今日归来，人面不知何处去，麻绳依旧笑春风——同样带着淡淡的忧伤。

喝茶时，这些名字倒是很好的谈资。聊着聊着，就忘了开始是要聊什么了，这就符合喝茶的心性。喝茶呢，心态得松。比如说，安安静送我的这款茶，"一九八〇年代老六堡"，我摩挲了半天，准备过几天再喝。这茶都等了我三十年，再等几天又何妨。

忙肺古树，先喝起来。茶是新的，喝个生猛，从下午喝到晚上，茶汤居然还有劲儿。喝了这一泡，我再封起来，过两年三年再喝。

毕竟嘛，这是个长情的事儿。忙个肺啊，慢慢来。三月十七日记之。

开日光记

　　最近买书多。有两本书，《江西赣方言历史文献与历史方音研究》《赣方言古语词探源与论析》大概路上寄丢了，一直没到。下落不明——我觉得这几乎就是方言的命运。方言之中隐藏密码，这些年我对地方志、方言开始感兴趣，自己有时揣摩方言中的文辞意味。偶有所得，沾沾自喜。殊不知这也是一门学术专业，早有学者研究透透的。我买那么两本书，也是想借此研究一下。当当网买的《禅与饮茶的艺术》到了。此书装帧，我极为喜欢，护封和内文纸张都绵软舒适。封面也素雅，颇有日式审美之味。今日还收到花城出版社出版的《2019 中国散文年选》，收录小文《鱼鳞瓦》。韩小蕙老师在评论中提到一句："年轻作家周华诚的《鱼鳞瓦》写得山清水幽，普普通通农家房屋上的鱼鳞瓦，将江南的厚朴与宁静之美，衬托得活起来了一般。"

　　太阳奇好。透过窗户照进来，晒在背上暖意融融。春光大好，未能出门，不免有些遗憾。网上看到梁慧把收藏的古珠玉翻出来抚摩，并在阳光下盘玩，开玩笑说这叫"开光"。我把二十世纪八十年代的老六堡茶拿出来喝，用茶壶煮的，茶汤甘醇柔顺，很好喝。阳光照到杯子，茶汤红亮无比。三月十八日记之。

开月光记

　　一篇文章必须起好了头，才能起身去干点儿别的，泡茶，拿快递，或买菜。起头是最难的。若没有起好头就跑开，磨蹭半天的工夫白费，到时还得重来一遍。人称"磨洋工"——写东西就是这样，每一次起头都难，都得磨洋工。

　　有一个办法是，必须说服自己，一二三，狠狠心把脑中冒出的第一个词写下来，不管它是不是"狗屎"。对自己就得狠一点。有的人说，我不满意啊，我写了又删，又写又删。那不行——那多费纸、费墨啊，你用电脑也不行，费电。上次我听一位作家谈自己的经验，他说："能把自己都觉得很烂的作品发表出来，这对创作者而言是非常重要的。做不到这点的人，只会说等到有拿得出手的作品再发表吧，可是这个时机永远都不会来。"

　　他说得很有道理。事都是干出来的，不是想出来的。光想有什么用呢。事情并不是一开始就能完美的，喝茶也并不是一开始就能体会到回甘绵绵。

在北京上学时，我曾体验过一次"无意识写作训练"。音乐响起，笔就在纸上不停地写，不要经过大脑过多的思虑，直接往下写，一个字接一个字，一个词接一个词，让它们自己蹦出来。不要让笔尖离开纸面，就这样，你会惊讶短短十分钟里，你可以写下那么多。

如果一个人喜欢写作，那就得承受这些，它的痛苦，它的折磨，它的快乐，它的救济，它的无际无涯没有尽头，以及它所带来的挫败感——你永远无法得到一件完美的东西。事实上，只有接受这一点，你才能继续写作。当然，生活也是如此，不是吗？

一件作品写完了，人家说好说歹，都是人家的事。一个专事写作的人，以此为营生的人，写就是你的命。如果你不满意这一部，那就再写下一部吧。大多数批评家无法体会这种心情，他们说这部小说烂透了，他们说这部小说简直是天才之作，小说家还在写，像老黄牛一样趴在桌前，一下一下敲击键盘。在这一点上，他们只是分工不同，各司其职。

上面这些文字，是我在喝一壶茶时敲下来的。这茶叫作

"月光美人"。有人说喝茶的时候不宜写东西，也不宜读书，反过来说也行，读书或写东西的时候不宜喝茶。因为你读书或写东西一认真起来，就把喝茶忘了。我有几次，就把刚泡的茶闷在壶里，闷了好久，记起才喝时已又苦又涩。专心做一件事，当然是理想的状态，看花就看花，喝茶就喝茶。有人喝茶时还要焚香，其实也应该分开来做，香的气息，对茶香是一个干扰。我有一次，到台湾陈先生那里，闻到了非常珍贵的香；再后来喝茶时，喝的什么茶，就全部忘掉了。

"月光美人"也叫作"月光白"，像一款瓷器或一款纸的名字。干茶是散茶，一袋子蓬蓬松松，茶叶一面是白色，一面是黑色，间或也有些苍翠之色。闻起来，就是熟悉的白茶气息——有些许植物堆酵的青气。我对这个青气为什么印象深刻呢，因小时候在老家，初春时候，母亲常把田间的紫云英割刈回来，斫碎之后稍微地煮一煮，再堆积在大木桶之中，作为猪的青饲料。大桶之中，即有悠悠的青气飘荡。这种青气，白茶都有——福鼎的白毫银针也有，白牡丹也有。

月光白，主产区在云南，用的是普洱的料子，白茶的工艺。小云告诉我，这茶也是在夜里就着月光采摘，晾也是晾在月光之下，故其尽得月光滋养。月光是阴柔之光，也浸透中国古典诗意的光，这白茶的制作，又只有萎凋和干燥两道工序。与福鼎制作白毫银针都以日光萎凋不同，月光白却是不见日光，只有月光的淘洗与浸润，月光如水，月光白也如水，散发着隐隐约约的光。

小云是大理人，家在成都。洱海的月，苍山的雪，我想起在大理喝茶的时光。有一次离开大理的时候，出租车在洱海边奔跑，窗外的天真蓝，云真白，景色鲜透得很，如这白茶的茶汤。到底是云贵高原，这白茶的袋子上有一张标签，写着"海拔 2132 米"。此茶来自临沧市凤庆县，凤庆也是滇红之乡。阿尔卑斯山的山峰之一，皮拉图斯山，海拔也是2132 米。同一片天空，同一个高度，皮拉图斯山不知道产不产茶？

小云跟我说，她最近在努力写东西，要把两三年前就想写的那个东西写完。我觉得很好。喝了月光白，也等于开了光，那就写吧，别停。三月二十三日记之。

无心乃有欢喜

月光白喝到第三、第四泡时，就没有什么涩味了，甜且顺滑，余韵悠长。很好喝。想起今日坐地铁时得一段话，补录于此：

有的事，过去一段时间想想，确实很傻，很没意思。牛的是，那么傻和没意思的事，当时你居然还去做了。做了以后，事情就变得有意思了。但这还不算最牛。最牛的是，那件事情依然很傻很没意思，而你却做得很开心。

这叫"无心"，无心乃有欢喜。三月二十三日记之。

柚花白茶

　　两个多月了，第一次坐在外面喝一杯咖啡。湖滨步行街中央的露天咖啡座。桌椅上贴了张告示：为防疫需要，请客人在半小时内用完。我们取下口罩喝咖啡。阳光真好。春天来了。这种天气，往常湖边该满是人了吧？而乡下此刻，油菜花已然谢尽。问小蝈，今年还有出去的行程吗？作为旅行达人，她每年都有很多时间在路上。她摇头，今年这形势，谁知道什么时候可以出门。鱼鱼也好久不见。她最近正在换工作。一份安稳而稍显无聊的工作，一份充满激情但也许会辛苦的工作。问我们的意见。谁知道呢。经济形势接下去会很难。网上有人在说慎重离职，慎重创业，慎重买房，有的还说慎重分手。总之，很难。所有人都变得谨小慎微。换了平时，我们都是说走就走、勇往直前的人哪。有人开玩笑，有生之年，遇到这样的状况，也是一种特别的人生体验。聊完这些，一杯咖啡正好喝完。答案有没有，不知道。也许每个人心里，也早有自己的答案了。坚定，勇敢。小蝈给孩子挂号，去年冬天就与医生约好的小检查，因为病毒，一直不敢带孩子去医院。鱼鱼则回去写稿。她给我带来两罐茶叶：柚花白茶、梅花小种。不能一起喝茶，就分头行动。半个小时到了，我们起身，离开。步行街上，染井吉野樱开得烂漫，一树一树，云一样。三月三十一日记之。

漳平水仙记

早上一杯绿茶，用玻璃杯来泡，杯中盛开一座春天。绿意盎然呀。尤其是在阴雨的日子。

我总是会在上午泡一杯绿茶。绿茶鲜淡，可以唤醒味蕾，适合上午状态。打开电脑，喝茶，干活，午饭过后，泡一壶普洱，或是白茶，一直喝到晚上。漳平水仙，这两天才开始喝，一款小众的茶，福建朋友文波喜欢，遂推荐给我。福建的好茶品种丰富，这漳平水仙产自龙岩漳平，之所以叫"水仙"，我想，莫非此茶有水仙花之香味——我知道福建还有个地方，叫作漳州，漳州出水仙。漳州的水仙，鳞茎硕大，箭多花繁，每年春节前，我去花鸟市场买水仙球，店家招徕生意都会说，我这是漳州水仙，"天下水仙数漳州"，特别好。我买了漳州水仙，再请店家雕刻一下。雕刻过的水仙球，长出茎叶就不会像蒜苗一样直立冲天，而是曲虬婉约，茎叶低矮而能开花，别有趣味。有几次，我自己也试着雕刻一下，到了正月里，水仙开花，满室清芬，人未进书房而先闻其香，精神随之一振。

漳平水仙，小的真空包装，里面是四方的一块紧压茶饼，用纸包裹。这形状使我想起一种特色的糕点，名字却一时又记不得了。漳平水仙，属乌龙茶，也是乌龙茶里唯一的方块紧压茶饼。在茶叶制作过程中，几番揉捻，再用木模具压制，使茶叶成型。我专门找了一段视频来看，工人用木模子压茶，再使茶饼从底部脱出，叠纸包茶，这个手工的过程，有一种郑重的情义。用纸包好的茶饼，再进入最后一道工序：烘烤。水仙茶的烘烤，一般都用木炭。水仙的烤茶十分讲究火候。茶工慢慢用炭火煨烤，茶房之内，悠悠的茶香飘荡出来，整个村庄都笼罩在一股茶香之中。

制茶与喝茶，刚好是相反的两个过程。一个是让茶叶收敛，使香气封存；一个是让茶叶舒展，让香气释放。一收一放，一火一水。一叶茶的故事，也就是在这一收一放、一火一水之间了。漳平水仙泡出茶汤是橙黄之色，口感润滑鲜活，几乎没有涩口的感觉。我的印象里，乌龙茶多有涩味，有的乌龙茶在泡的过程中，若稍不注意闷一会儿，便会苦涩异常。漳平水仙则没有，很好入口，且香气幽远。至于是水仙之香，还是兰花之香，且待我慢慢细饮。

听说水仙茶也有好几种，漳平水仙之外，还有武夷水仙、凤凰水仙，地域不同，都是乌龙茶的品类。福建这个地方，是乌龙茶的主要产地。但闽北、闽南的乌龙茶，还是有些差异。我查了几本茶书，发现乌龙茶的名字真多——

　　闽北乌龙茶，根据品种和产地不同，有闽北水仙、闽北乌龙、武夷水仙、武夷肉桂、武夷奇种品种（乌龙、梅占、观音、雪梨、奇兰、佛手等）、普通名枞（金柳条、金锁匙、千里香、不知春等）、名岩名枞（大红袍、白鸡冠、水金龟、铁罗汉、半天腰等）。

　　闽南乌龙茶，根据品种不同，有安溪铁观音、安溪色种、永春佛手、闽南水仙、平和白芽奇兰、诏安八仙茶、福建单枞等。除安溪铁观音外，安溪县内的毛蟹、本山、大叶乌龙黄金桂、奇兰等品种统称为安溪色种。

闽北与闽南的乌龙茶，有老茶客说，一个主要区别，是火工。闽北的茶，以中重火工居多，口味饱满，香气低沉；

闽南的茶，滋味清新，香气悠长，火工低很多。闽北乌龙茶，以武夷岩茶为代表。闽南乌龙茶，以安溪铁观音为代表。

另外一个，就是制作工艺不同，以致干茶的外形有所不同。闽北乌龙茶，做青的时候发酵程度较重，揉捻时也没有包揉工序，所以外形是条索状，干茶色泽乌润。闽南乌龙茶在做青时发酵程度较轻，揉捻较重，干燥过程中还有包揉工序，所以外形是卷曲状，干茶色泽墨绿。

因喝一款茶，却去翻了好几本茶书，又把同属乌龙茶的凤凰单丛、铁观音也拿出来，各泡一壶，品饮比较。一个人这样喝茶，也实在是有些无聊吧，更何况，茶喝多了，担心醉茶。吃了两块来自南京夫子庙的小糕点，"秦淮八绝"，果然与茶般配。

文波是一位报人，现居上海。他长期专注福建的饮食研究，出了一本饮食散文集《寻味八闽》。福建菜很有名，硬菜"佛跳墙"，小吃看"沙县"，读文波兄的书，也定然别有洞天。饮食的书，由长期在地生活的作者写来，有氤氲的烟火味道，读来是很不一样的。这些天在翻读一本书——《日本味道》，作者北大路鲁山人，既是陶艺家、漆艺家、篆刻家、书画家，也是厨师与美食家。书里有很多篇文章，是写香鱼的：
《香鱼香在内脏》《香鱼的吃法》《吃香鱼》《假冒的香鱼》
《吃的是小香鱼的品位》，写于一九三一年、一九三五年和
一九三八年——《河鲜》这一辑里，都是香鱼，只有一篇《泥
鳅》是例外——他可真是喜欢吃香鱼！又吃出如此多的心得。
我夜里读了几篇便口水直流，一心想着香鱼，久久无法入睡。
三月三十一日记之。

紫藤普洱

　　车行在弯弯山道上，忽有人说，能不能停一下！

　　路边一棵紫藤树，挂了一树紫藤花。山风拂来，紫色花瓣片片飘零。大家下车去摘花。有人说，这么美的花，白白落了可惜，若是摘了，还可以做一道菜。

　　这是在仙居的杨丰山上。从此处俯瞰村庄，梯田层叠连绵，田间油菜花已然谢尽。油菜挂满果荚，碧绿一色。极目远眺，青山浓淡。所谓山外有山，天外有天，层层之外，更有一层。

　　晚上吃那道清炒紫藤花时，我脑海中依然浮现一幅略施淡彩的山水画。

　　我是第一次吃紫藤花。紫藤花一串一串，未开之花有些像小靴子。有人说这看起来像槐花。我以前还吃过锦鸡儿，土话叫"小娘儿脚"，也有人叫黄雀花。这三种花，都在四月里开，形状也差不多，如小鸟欲飞；唯有颜色不同——锦鸡儿的颜色是黄色，槐花是白色，紫藤花是紫色。

紫色的紫藤花，有着甜津津的味道，花里藏蜜——我在树下摘花时，生吃了好几枚，清香甜美。

有花的村庄，怎能不美？

我之前看过杨丰山的照片。有一张，时节应该比现在晚些，梯田里的油菜全部收割完毕，田里翻耕过，灌上了水，水面如镜。一场雨后，云雾缭绕，群山与田埂弯弯曲曲，如诗如画。杨丰山属仙居县朱溪镇。这些年，村里依托两千亩梯田的自然人文风光，努力连接社会各种资源，想要发展特色水稻产业与村庄旅游，带动农民增收。

是葱花把我喊去杨丰山的——葱花说，杨丰山四时皆美，春天有油菜花，夏天有水稻田，秋天有金黄稻浪，冬天有皑皑雪野，随便拍张照片，都是绝美的明信片。就这样，她成功地把我们喊上了杨丰山。当然，她所言非虚，杨丰山果然很美。

此外，把我们引来的，还有作为中国水稻研究所专家的朋友们的一腔热忱——他们蹲点联系这个高山村庄，也是想为村庄的发展出一点力气。

此刻，一树紫藤花下，村民、水稻专家、建筑师、回乡创业青年、文艺青年，就以这样的方式相遇了。山风轻拂，花香荡漾。

层层叠叠的梯田，弯弯曲曲的山路，拾级而上，一直攀登，不知几千步也，渐渐额头冒汗，身心爽快。好久没有这样，在大自然间自由畅快地呼吸。山野间鸟鸣，花香，青山远，云影动，都觉可爱。

紫藤花做成菜，吃起来满口花香。

吃紫藤花时，便想到要谢谢周天勇彼时大喊一声"停车"。这个浪漫的男人，他看见紫藤花时，就好像看见了一碗菜。

吃过夜饭，一枚大大的黄色月亮挂在天边。我们坐下来喝茶。周天勇从车后备厢中拿出一饼普洱茶，取出一个纸箱子，里面是整套的煮茶器具，最后又搬出一桶水来。他说，那是从他老家的山里接的泉水，适合泡茶。

水沸，茶香四溢。

他又取出好几串紫藤花来。这才知道，原来他看见花时，不仅看见一碗菜，还看见一壶茶了——遂偷藏起一些。他拎起一串紫藤花顺手一撸，花朵纷纷落进茶壶，茶香里，飘出紫藤花的甜香。四月十二日记之。

在水边

平日熙熙攘攘的西湖，现在清寂得很，孤山路两侧，停车位居然到处空着。一时倒有些选择困难症。最后一直到了平湖秋月对面的梧桐树下方停住，前后车位空了好多，实在有些奢侈。

平湖秋月有一片茶座。藤椅，圆桌，露天。简易也真是简易。这一片平台，直接伸到水边上，桌椅也在水边上，举目一望，水天，远山，云影，阳光。奢侈也真是奢侈。相比之下，桌椅之陋，就不值一提了。

茶叶固不佳。要是自己带茶叶，那就好了。如果能自己带茶具，想必更好一些。

一路之隔，有座老别墅——逸云寄庐。我在那里喝过茶，与衣萍、新宇、琴心一起。秋天最好——窗子对出去，就是北山路，深秋梧桐树的金黄全都倒映水中，使人过目而不忘。

西湖边适合喝茶的地方不少。郭庄、西湖国宾馆、湖畔居，都在水边，或者茅家埠、三台云水。能望见湖水的地方，都适合喝茶。自带一张垫子，席地而坐，也很好。

下午一边喝福鼎老白茶，一边写短文章。忽然想到高濂在《夏时幽赏》里，提到几处幽僻去处，有一节"三生石谈月"，估计那里喝茶也不错。高濂说：

> 中竺后山，鼎分三石，居然可坐，传为泽公三生遗迹。山僻景幽，云深境寂，松阴树色，蔽日张空，人罕游赏。炎天月夜，煮茗烹泉，与禅僧诗友，分席相对，觅句赓歌，谈禅说偈。满空孤月，露浥清辉，四野清风，树分凉影。岂俨人在冰壶，直欲谈空玉宇，寥寥岩壑，境是仙都最胜处矣。忽听山头鹤唳，溪上云生，便欲驾我仙去。俗抱尘心，萧然冰释，恐朝来去此，是即再生五浊欲界。（《遵生八笺》）

有一回，与友人在中天竺吃饭，饭后散步，穿过一片茶园，从茂林修竹间攀缘而下，居然在三五古树与一堆乱石之间，看见了三生石。在杭多年，中天竺也去过多次，知道有三生石，却一直没有见过。那次见到，颇觉熟识。

　　中国茶叶博物馆，在流水边上筑了一两间茅草房的茶室，非常和式，也使人赞叹其美。

　　还有一次在灵隐寺边上的茶室喝茶。后来居然还喝酒了。也觉得很好。四月十六日记之。

花香记

　　老白茶喝了许多天，觉得不够味了，换喝新白茶。以前初尝新白茶，觉有青涩之气，现在却觉得这青涩气也很好，是晚春阳光下的蓬勃。茶汤也清冽。这一回喝到三四泡时，隐约闻到花香——缥缥缈缈的，以前未曾领受过。再闻，又仿佛没有了。茶汤中的花香这种东西，如果不是自己经历过，别人说一百遍也没有用。四月十六日记之。

石斛茶

穿行林间，有阳光透过树木枝叶缝隙，光影摇曳。

身边的杉树松树，树干上攀缘着一圈圈寄生植物。一树，一塔，枝节丛生。

老郑折一根绿茎草，让我嚼嚼看。我嚼了，口腔中青气饱满，黏液细滑。这是石斛。石斛栽于大棚常见，栽于树干则少见。老郑栽种石斛凡十几年，年年岁岁，朝朝暮暮，把这小青草种出了仙气。

天天和石斛相守，他让自己也沾了一身仙气。

穿林而过，林下有风。

县委宣传部的陈部长径直把我带到了这里。陈部长说，磐安山高林密，遍地仙草。是这样的，去年夏天我到过磐安一次，后来写了篇文章，《磐安是一味药》。"浙八味"很多人都知道，白术、白芍、浙贝母、杭白菊、元胡、玄参、笕麦冬、温郁金，八味道地中药材，其中五味（元胡、白术、白芍、玄参、浙贝母）出磐安，人称"磐五味"。

很想去深山老林里访一访药仙。没有药仙，找一找药草也好。为什么说磐安也是一味药，原因就在此——磐安有座山，叫作大盘山，大盘山是国家级自然保护区。保护区内，据说有野生药用植物一千二百一十九种，其中载入《中华人民共和国药典》的有二百五十八种。

我不识药，但不碍事，只要往山中去，随便下脚，屐下脚边都是药材。

这且不说它了。这回我们没去深山，而是到了水坑弄，便是这一座省道边的山林。看起来，也像是一座山寨。山寨寨主老郑，郑方正，领我们往林子深处去。老郑土生土长磐安人。小时跟着父母种贝母，种元胡，十几岁开始贩销药材，跑了半个中国。再后来，不想跑了，就在这山林里安顿下来，扎个寨，把自己像棵石斛一样，种在林子里了。

有人说茶，"一年茶，三年药，七年宝"。有人说书，"书犹药也，善读之可以医愚"。武侠小说里，还魂草之类的神药，皆出自悬崖绝壁。悬崖在哪里，却往往无从稽考。只在此山中，云深不知处。好药都有神秘性。我的一位朋友，每年前往海拔四千多米、常年积雪的山上采虫草。我很想跟他一起去采虫草。这事想了好多年，惜仍未成。

老郑把石斛种到了悬崖上，白云过隙、流泉清淙的悬崖。

是不是受武侠小说的影响，我不甚清楚。但悬崖上的药草，确实稀贵得很。人迹罕至，鸟兽也难以涉足，气候条件更不一样。《神农本草经》说：石斛"生山谷"。这种环境下的药材，生长既缓，又积日月之精华，历霜雪之磨难，必非凡草。人也如此，行事既缓，又善累积经验，熬受修炼，时间长了，必也异于常人。

问悬崖在何处。答曰福建泰宁、江西龙虎山都有。

我想，要有机会，也要去看看。

这样聊天的时候，我们是坐在林下喝茶。喝一壶石斛茶。

后来又喝一壶石斛花茶。

这茶喝久了，飘飘欲仙。

四月十七日记之。

几乎没有不看书的一天

到街边小铺取快递。一本书。把包装袋丢进垃圾桶后，一路举着书读着走回来。到小区门口，刚好读完一篇《黄永玉：几乎没有不看书的一天》。

书很精致，开本盈盈一握，刚好是手掌大小。墨绿色仿皮的封面，触感细腻舒适。此书共收录十九篇文章，所写都是书人与书事。书名《两半斋随笔》，取自作者书房名，作者也在后记中解释了，退休前三十年一直在出版社工作，家中和办公室各有一半存书，有的书时常提来提去，常用的工具书和经典著作还会备上两套，各处一地。由此，他便把书房叫作了"两半斋"。

俞晓群，著名出版人，海豚出版社社长。海豚出版社这几年，做了不少读书人的书，有一些精美雅致，很是可以赏玩。这样的书，在当下的出版环境中，可谓独树一帜。这样的人，在当下的社会世情里，也是特立独行。安静读书与写书，是小众的一部分人。

书虽小众，定价不低，六十五元。我从网上买的签名钤印本，亦不曾打折。书名页上写有"周华诚先生存念，俞晓群。二〇二〇，四，二十"。

下午，为稻田写作出版营做两课时的分享，为时一百五十分钟。这也是一个小众的群。人虽不多，我却十分珍视。自四月开课，我每周六与诸友交流探讨。之前许多零碎的体会与心得，也不知对或不对，借此机会，得以爬梳整理，形成相对系统的大纲，再拿出来献拙。凡十余课时，莫不与写作和做书有关。书里书外的甘苦，不足与外人道也，唯同道者可以互通心曲。人世那么大，几个人缩于一隅，说来说去，不过是书的事。想来，这也是一种安贫乐道吧。

又收出版社寄来样书三种，毕亮《饮茶看花就是生活》、简儿《今天也要吃好一点》、陈峰《四时之味天然欢喜》。其中毕亮的书稿，我记得是二〇一七年十一月，我还在鲁迅文学院上学时接到的。那一段特别的光阴，不问世事，整日只有读书与写作，简直奢侈极了。北京的冬天干冷，我窝在鲁院的宿舍里，一盏台灯，深夜读一些平时不会去啃的书。

毕亮人在伊犁，我从他的文字里读到茶食、草木，也有风味与人情，觉得喜欢。他问我，这书能做吗？我说，不知道吧，我尽力。这一晃，两年多过去了。每一本书，都不容易。写作的人，是把人生中的一部分时光交付给文字；做书的人，是把人生中的一部分时光交付给了书。

下午阳光很好，斜阳透过玻璃窗照进书房，满室生辉。书页纸张，电脑茶碗，悉数落在金色的光芒中。光芒中有两本书，日文版的《花的尽头，草木的尽头》《花历》。书名是我用软件翻译的，也不知道是否准确。还记得在京都的书店里买到书时，那喜悦的心情。光芒中，我缓慢地喝一款茶，正岩水仙。正岩水仙也是小众的茶，口齿噙香，十水以后，依然甘甜。四月二十五日记之。

煮雪

　　文波兄说，岩茶中的水仙不能算小众，它和肉桂是武夷山岩茶中的两大看家茶。

　　一股沸水下去，即刻出汤。汤出尽时迅即揭盖闻香，其香绵绵，有奶油炒米之香。这是我的感觉。这正岩水仙的香气太好了，喜欢得很。水仙原名祝仙，原产地在建阳小湖。无性系，小乔木型，大叶类。出水两道后，茶形仍是条索状，细紧乌黑，如咸菜干。但是茶汤这么香，香得独树一帜。

　　水仙茶的香气，老茶客说有三种，兰花香、丛香、粽叶香。这三种香气，各具代表性，江湖地位也各不相同。而我怎么就觉得有奶油炒米之香呢？炒米香，是冬日里最抚慰人心的香气。郑板桥说："天寒地冻时，穷亲戚朋友到门，先泡一大碗炒米送手中，佐以酱姜一小碟，最是暖老温贫之具。"我以为，正岩水仙的香气温润，醇和韵足，必也有炒米一样的疗愈之用。

一边喝茶，一边写篇短文。前些日子，与一位从事古瓷器修复的朋友闲聊，越聊越有意思。修复破损的古瓷器，是一件需要耐心的事。拆卸、清洗、补缺、打磨、打底、做色、上光、做旧，每一个步骤，都要很多时间和精力去对付。修复一件东西，时间短的需几个月，时间长的得一两年。

一件老东西，修好之后，必须和它原来的胚子一样老旧才行。比如有的薄厚不一的釉水，钴料斑，或者晕开的铁锈斑，或者深深浅浅的划痕，一一都要重现出来，使人看不出任何人为加工的痕迹才好。这样高超的技艺，也在时时进步，一般人的眼力有所不及。朋友说，未来可能会出现一个新的职业，叫"修复鉴定师"。譬如得到一件东西，要鉴定它有没有修复过，一般的人看不出来，须得请专业人士，才能看个明白。

这样聊半天，我就突发奇想，很想去朋友的工作室里待半天，感受一下古物的气息，或者残破之美。如果有机会，去实习一两个月，那也很有意思啊。想归想，终是打消了念头。世上从不缺有好奇心的人，而缺有恒心的人。徒有心血来潮而四处添乱，最是惹人厌烦，还是趁早打消念头为好。

闲时品茗　28cm×28cm　2021 年（与龚明德合作）

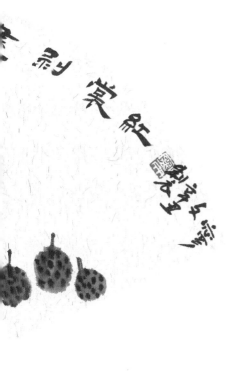

下午茶　42cm×42cm　2021 年

（与贺宏亮合作）

　　友人送我一个瓷器茶杯，杯底有两个字——"煮雪"。煮字下面，是火字，仿佛一堆柴火在噼啪燃烧。我很喜欢这个杯子，喝茶之时可以赏玩，心生清凉意。唐代诗人司空图有吟咏雪天喝茶之句："中宵茶鼎沸时惊，正是寒窗竹雪明。"雪天煮一壶茶，那真的是煮雪，唐人也不泡茶，只是煎茶。明朝张岱雇小舟往湖心亭看雪，天与云与山与水，上下一白，他在舟中煮雪，或是煮酒，也真好意境。

　　水仙茶汤水醇厚，出汤，频频举杯，一个人独饮，凝神静气，眼观鼻，鼻观心。修古瓷器的人，独自坐在时间之外，凝神静气，敲敲打打，老僧入定。好茶好物，当以这样纯净如一的心思对之，境便由心生。四月二十六日记之。

花饮

柚花开，香飘满园。想起我有一罐柚花白茶，遂取出品饮。此时不饮，更待何时。以花入馔，以花入窨，中国古人很是喜欢，以为风雅。宋人林洪，在《山家清供》中列举了许多鲜花食谱，所用之花有：松花、栀子花、梅花、菊花、茶蘼花、芙蓉花、桂花、牡丹花。其中梅花最为受宠。菜有：松黄饼、端木煎、蜜渍梅花、汤绽梅、梅粥、梅花齑、素醒酒冰、金饭、茶霞羹、广寒糕、牡丹生菜。

花茶之中，我以前只知道茉莉花茶、桂花龙井。以花入窨，是将茶叶与鲜花层层交错，让茶吸收花香。这样的茶叶，品饮之时，能闻到自然的花香。以前有一位同事，家里是做茶叶的，听她说，是把玉兰花收来，与制作完成的龙井放在一起窨香，龙井便有了玉兰花的甜糯之香。这样的花茶，大部分销往北方，北方人比南方人更爱花茶。

有台湾朋友说，台湾也有很多窨花之茶，大宗的是茉莉花与桂花，再则是黄栀子花与秀英花。哪个时节的花茶滋味最好？不再依茶的时节了，而是茶随花走。黄栀子花与秀英花，是四月最好，茉莉则是六月至十月最盛，桂花要在九月深秋了。花茶的茶叶，则往往并不是最佳的，好在一层花，一层茶，又一层花，又一层茶，这样窨出来的花茶，有迷人的气息。众所周知，茶叶是最会吸味的。当水沸之时，一股热水激荡之下，茶叶中的花香袅袅而出，不见花，而四面皆是花香也。

我喝过菊花茶、金银花茶、铁皮石斛花茶，那是纯粹的花草茶，并没有茶叶。那又是另一种花饮了。

富家子弟倪云林，性好洁，喜品茗。中年之后散尽家财，泛舟太湖，隐居山林。"照夜风灯人独宿，打窗江雨鹤相依。"这于他的诗画，倒是成全。倪云林这个人，大有洁癖，很多明清笔记都有记载：

> 倪云林性好洁，文房什物，两童轮转拂尘，须臾弗停。庭有梧桐树，旦夕汲水揩洗，竟至槁死。

尝留友人宿斋中，虑有污损，夜三四起，潜听焉。微闻嗽声，大恶之，凌晨令童索痰痕，不得，童惧笞，拾败叶上有积垢似痰痕以塞责。倪掩鼻闭目，令持弃三里外。（明·冯梦龙《古今谈概·倪云林事》）

良好的卫生习惯，比之今日众人的防病意识更强。一般富贵人家，如厕时用香枣塞鼻，已经算是讲究了。倪云林呢，他亲手设计"香厕"：

其溷厕，以高楼为之，下设木格，中实鹅毛。凡便下，则鹅毛起覆之，一童子俟其旁，辄易去，不闻有秽气也。（明·顾元庆《云林遗事》）

这样有洁癖的人，对于茶事，必定是更加讲究。譬如说，人家饮茶，讲究水品，来自哪一口泉哪一眼井，有个高下之分。他呢，仆人去七宝泉挑来泉水，他交代："挑在前面那桶水，拿来泡茶；挑在后面那桶水，拿去洗脚。"为什么呢？

倪云林的理由是："前桶的水干净，可以用来泡茶，后桶的水，恐已被屁污染，只好拿去洗脚啦！"

这样的人，对茶本身岂能潦草。他窨制的莲花茶，可谓清雅无二。一般的花茶，也就是一层花一层茶，层层覆盖，让茶叶吸取花香。上等的茉莉花茶，不过六窨七窨。倪云林怎么窨制莲花茶呢？他自己记在了《清閟阁集》中：

> 莲花茶，就池沼中。早饭前，日初出时，择取莲花蕊略破者，以手指拨开，入茶满其中，用麻丝缚扎，定经一宿，明早摘莲花，取茶，纸包晒。如此三次，锡罐盛，扎口收藏。

趁着莲花未开之时，把茶叶放进花心，再把莲花扎起来，过夜取出，晒干，下次又放进花苞中过夜。如是者三，再晒干收藏。这样的花茶，喝起来香不香暂且不论，单就这一份讲究，这一份清雅，决计无人可追。再以前桶之泉煮来，如此茶汤，品饮之时，还不叫人敛心静气，两腋生风？

　　昨日饮柚花白茶，今天乱翻书又得此一节趣事，遂记之。而我以为，这莲花茶可以名之"倪茶"。若有倪姓茶人制茶，大可效仿一玩。四月二十七日记之。

只是喝茶

四月末，枝头桑葚初露羞红，枇杷仍绿。过安溪古镇，有东王禅寺，清寂无人。

安溪六十里外有径山寺。余十年前过径山寺，得饮径山茶。今人多识龙井，不知径山茶。径山茶实乃好茶，清甜原味，且价比龙井实惠。径山为天目山支脉。山有二径，东径通余杭城，西径通临安城。沿东径拾级而上五里，便见庄严肃穆径山寺。自寺至峰顶，又五里。

径山虽非名山，径山寺却系名寺。径山寺始建于唐，开山祖师为法钦禅师。法钦禅师手植茶树数株，采以供佛，后至漫山遍岭。径山茶"其味鲜芳，特异他产"（清嘉庆年间《余杭县志》）。北宋翰林院学士、茶学专家蔡襄则说，径山茶"清芳袭人"（《茶录》）。

径山自古茶事绵延。中日寺僧把中国禅宗传入日本之时，也把寺院的茶礼，特别是把径山寺的斗茶、点茶、茶礼、茶宴传入日本。可以说，日本茶道源于中国茶道，而径山寺茶礼，则是日本茶道的直接源头。

其时，还有日本僧人回国时，把径山寺的建盏也带回。这些建盏陆续在日本上层社会流传，并被人称作"天目茶碗"。在日本茶道上，还专门设计有用天目茶碗点茶的一套程序，名为"天目点"。南宋、元时期，流入日本的天目茶碗到底有多少只，至今已无人可知。但有三只品相完美的天目茶碗，被日本列为"国宝"，备受珍视（滕军《径山寺茶礼对日本的影响》）。

今饮径山茶，茶中有禅，茶中见山，清寂缥缈，静气心生。饮径山茶，现在人都用玻璃杯了，不用釉色深暗的建盏，是因宋人之茶与今人不一样。宋时点茶，茶叶是抹茶。"茶少汤多，则云脚散；汤少茶多，则粥面聚。"茶与汤的比例严格，点茶技艺也讲究，"先注汤调令极匀，又添注入环回击拂。汤上盏可四分则止，视其面色鲜白，著盏无水痕为绝佳"。

那时点茶、斗茶，比的是点茶的功夫，凭观看而非口感论高下。久不见水痕，则优；水痕先现者，为负。日本名僧荣西在宋朝时到中国学习佛法，将有关茶的所见所闻记录下来，带回日本，后又写了一本茶文化专著《喝茶养身记》。这也是日本的第一本茶书。书中大量记录了宋时人们制茶、喝茶、养生方面的内容。那时喝茶，程序包括将茶叶磨碎，注入热水，用茶筅击拂出泡沫，以及欣赏茶器、品尝茶汤等。这些喝茶的讲究，慢慢沿袭改变，发展成为日本的茶道。

二〇一九年十月，我访京都宇治，在世界文化遗产的平等院附近，有一条步行街甚是繁华。街上可谓茶铺林立。其中有一家"三星园上林三入"本店，门面低调，远看不过是其中寻常一家。而进入之后，细细寻访，才知道这家店也是传承五百年的老铺。田中第十七代的年轻传人，曾特意到中国待了三年，学习汉文化与茶文化。他负责接待，用中文向我们讲解自家茶的历史。令人惊讶的是，他风趣极了，还讲得一口好段子。

宇治茶极有名。日本有三大名茶：宇治茶、狭山茶、静冈茶。其中静冈茶的产量最大，宇治茶的品质最佳。尤其是宇治产的"玉露"及"抹茶"，在日本堪称第一。几百年来，京都的宇治抹茶成为全日本最高级的抹茶的代名词。而追溯历史，在镰仓时代，明惠上人正是从中国带去茶种，在宇治栽培了日本的第一棵茶树。

日本茶人大多听说过径山寺，并尊之为"茶道祖庭"。他们到中国来，大多要到径山寺去走一走。深山古寺，远客到访，也无须什么客套的话，主客坐了，只是喝茶。五月一日记之。

僧茶

友人上山拔笋,口渴,至山脚寺庙讨水喝。住持泡茶一壶。友人饮之，颇觉茶水清逸，意境悠远。遂问茶。乃香客捐之。友人感缘,向住持讨要一些,寄我同享。今饮茶汤,果然清野。问何山何寺。答石硿山石硿寺。寺前有樟，樟下无人，唯见残棋半局。五月一日记之。

知味

每周六下午二时，照例是稻田写作出版营的上课时间。人不多，到点时却都纷纷冒出来，一个不少。今天请了作家朋友简儿，来给大家分享她的写作历程。她的新书《今天也要吃好一点》刚出版，一本简素而美好的书（网上都可以买到）。两年前，她的《日常》一书也是由我策划出版，列在"雅活书系"的第一批书目里。而这两年间，她已陆续出了三四本书。

写作有什么秘密吗？无非是一个词一个词，一个句子一个句子地写下去，而已。

开始之前，我泡了一盏凤凰单丛。一边说话，一边用电脑记录，一边用茶杯喝茶。写作的人，大多数时候是孤独的。不像广场舞，还有个热闹的场所。写作都是把自己关起来。昨天还看到，《文学报》的陆梅老师发了一条微信："假期选择休息还是抓紧写稿？这对作家来说永远是个难题。"很有趣，但很真实。大家都很忙，写作的人得习惯孤独。

　　凤凰单丛是乌龙茶。我以前喝过铁观音，不觉得有多好，今年喝了潮州友人寄来的凤凰单丛，喝了福建友人寄来的漳平水仙、正岩水仙，却觉得很好。也不知道是以前不识茶，还是口味有改变，或是茶的好坏有差异，还是泡法有不同。总之，茶喝起来，也大不相同。真是此一时，彼一时。

　　两个多小时后，下课，这一泡茶还能继续喝。

　　休息的时候，把摊开反扑在桌上的几本书收拾了一下。一本是《寻路中国》，一本是《被仰望与被遗忘的》，一本是《今天吃什么呢？去地里看看》，还有一本《中国食谱》。《中国食谱》是杨步伟的著作。杨步伟，非等闲之辈，乃是民国时候的奇女子。她不仅是中国第一个女医学博士，还是第一位女性医院院长。一九三八年，杨步伟随丈夫赵元任定居美国，她放弃了热爱的医生本行，成为低调的家庭主妇。这一本《中国食谱》，是她向西方人介绍中国菜与中国饮食文化的著作，先后再版二十多次，并被译成多种文字在很多国家出版。

　　书里有一句话，子曾曰：“人莫不饮食也，鲜能知味也。”

此句出自《中庸》，说的是大道理，无非借饮食小事来做个比喻。开门七件事，"柴米油盐酱醋茶"，说的都是一个吃字。杨步伟是把厨下小事，当成正事来做，拿出做学问的严谨态度，不仅去各个餐厅学艺，还跟随丈夫赵元任到各地做田野调查，借机收集各地菜谱，勤加积累，终成厨事大业。其实世上无小事，就看用怎样的心态去对待。

正应了一句鸡汤话：见识决定格局，格局决定未来。五月二日记之。

茶汤的背影

不用说，情况很明了——到处都有茶园，到处都有茶叶——为什么有的地方茶叶名气很大，而有的却不为人所知？无非是因为，人。再明白一点，天时地利人和尔。天好地好，风生水起，便有了出产好茶的基础；但这还不够——要出在名人故乡，就最好了；故乡无缘，那就让名人品饮，留下些许文字来，要是有幸在《茶经》《莽茶录》《东溪试茶录》等典籍里留下只言片语，那就万事大吉；倘若品饮无缘，再退而求其次，便是让名人路过一下也好，留不下一点儿文字，留下一点儿屐痕留与后人考证，那也是一件善事。

李白爬过的山，徐霞客走过的路，鲁迅住过的旅店，不用说，都有了网红级传播的话题性。若是以上都没有，对不起，只好生拉硬扯，说是乾隆爷下江南时迷了路，饥肠辘辘，误打误撞，到了某地某亭某桥头，饮了一碗茶，吃了一碗面，啃了一张饼，喝了一道羹。总之，乾隆爷老是迷路，老是饿得头昏眼花，这皇帝当得，真是叫人郁闷。

黄庭坚的故乡，在江西洪州分宁县双井里，就是今天的九江修水。那里绿丛遍山野，户户有茶香，出了一款茶叶品质不错。茶园那时属于黄庭坚家族所有，算是私家物产。黄庭坚在京城为双井茶做宣传，几乎是不遗余力。他将此茶作为伴手礼，给朋友们一次又一次"快递"。每次数量不多，通常是一次寄新芽八两，也就是半斤。可见此茶产量，也并不那么大。物以稀为贵。黄庭坚经常给各界名流奉寄新茶，同时作诗，对方收到茶，盛情难却，便回赠一首。一来二去，这茶不火都难。譬如黄庭坚给大自己八岁的好友苏轼寄茶，留下一首诗，《双井茶送子瞻》，其中有句："我家江南摘云腴，落硙霏霏雪不如。为公唤起黄州梦，独载扁舟向五湖。"

硙，亦作"碨"，小石磨。把茶叶放在石磨里磨碎，像雪一样白。这是宋代喝茶的必经步骤，那时是点茶，用的茶叶是抹茶，是要把茶叶磨碎了再泡的。

黄庭坚的朋友孔常父，跟他算是半个老乡，两人都同在翰林院为校书郎。黄庭坚以茶馈友的同时，也写了《以双井茶送孔常父》诗："故持茗椀浇舌本，要听六经如贯珠。"黄庭坚是很热爱双井茶的，他在《戏答荆州王充道烹茶四首》里写："龙焙东风鱼眼汤，个中即是白云乡。更煎双井苍鹰爪，始耐落花春日长。"

黄庭坚把双井茶赠给当时的武宁知县吕晋夫，他在帖中写道："双井四瓶，皆今年极嫩者，又玉沙芽一斤，以调护白芽。然此品自佳气味，但未得过梅，香色味皆全尔。公着意兹，想不可欺也。"吕晋夫是品茶老手，对茶叶讲究，黄庭坚给他寄双井新茶，要搭上一斤玉沙芽。那玉沙芽想必也不错，却只能用来做陪衬——茶叶很容易吸味，也易受潮，白芽放在里头，外面用一斤玉沙芽掩护着，受潮受损，都由它去承受了。

《宋稗类钞》中记载了一件趣事，说是宰相富弼一直很想见一见黄庭坚。终于见到，回头对别人说："将谓黄某如何，原来只是分宁一茶客。"这话意思，恐怕黄庭坚在富弼面前，少不得也大力营销他的双井茶叶了。反过来说，黄庭坚也是爱茶不避讳了。

总之，双井茶的出名，跟黄庭坚的功劳密不可分。虽然在此之前，欧阳修、司马光都品过双井茶，但是黄庭坚在该茶的包装、存储、排名、碾茶、煮茶、品茶等茶事活动上，做了全面的审美化演绎，使其诗化而易于传播；同时，双井茶在文人名士之间馈赠品饮，又与"苏黄之谊""江西诗派"等建立了符号化的联系，从而形成了人文性的标签认知。这些，在茶叶的传播上，或曰任何一款农产品的传播上，都有着极为重要的价值和意义。

这两天抽空重翻几页书，《茶经》和《茶录》（外十种）略翻了一下，又把二十世纪八十年代老六堡茶拿出来喝，喝出了沧桑的感觉。茶这个东西，在一千多年甚至两千多年中，基本建立了一套文化谱系。茶与山，与水，与人，已然密不可分，都是需要漫长的时间累积出来的。不像什么水果，外面引进一个新品种也没关系，只要好吃。茶却很难，要是没有出过什么好茶的地方，突然冒出来一款新茶，的确是很难的。喝茶的人，喝来喝去，喝的还有一份对于过往的追忆，所谓追忆似水流年。这不只是一叶茶叶与水的关系，而是在

漫长的时间长河里，那些茶烟和那些远去的名士留给我们的
背影。一碗茶汤里的气韵与风度，是这样山高水长。十一月
八日记之。

茶汤之外

晨起之前，在手机屏幕上读两篇文章。一是贾平凹《邻院的少妇》。题目虽是"邻院的少妇"，起笔却说："她其实不住在我家隔壁，在一个城市里，是我的熟人，女熟人。"然后写少妇"穿着牛仔裤和一件紧身的有着紫红色碎花的上衣"，"倚在我的书架上和我说话……"这篇文章短短五百余字，读着读着，却觉意味无穷，好像在喝一杯普洱，或是饮一杯红酒。文章最末，又来一句，"女人最好的年龄段是少妇，做少妇的女人真好"。

又读一篇，还是贾平凹的，这回是《女人与陶瓶》。也是短短数百字，写一个女熟人做陶与取画的琐事。平淡的事情，读来也很有意思。读完这两篇，继续倚在床头，咂摸了一会儿后味，好像还是在喝一杯茶。于是想到，散文的信息量问题。同样平淡的生活日常，有人写来洋洋洒洒，信息量却不大；有的人信手写来，却有一股醇厚味道。老贾的小说，我常常读不完。这两篇小品文吧，我琢磨着，要是换一个作者，譬如未曾见过的作者，我会不会也觉得好呢？或者说，就一下子也觉得好呢？难说。那么，这是什么原因？我以为，这就反而更可以看出，散文，的确是综合性的艺术。作者活着活着，也就构成散文的一部分。散文并不凭一篇或几篇，就奠定了作者什么地位的，而是把你的名字，你的生活，一并嵌入文章里头，不可分割，构成了文章的信息量，使人读了，仿佛在读作者这个人。

于是，文字，不过是这篇文章的一小部分。大部分呢，是在文字之外。

如果一定要打个比方的话，文字就是那茶汤。喝茶的人，与泡茶的人，都是要有一些阅历才好。茶汤还是那茶汤，茶汤却不再是那茶汤。

前几天，老家朋友约我喝茶，闲聊本地茶文化。我记得老家常山最佳的喝茶地方，当是在塔山之上。记得有一回，也是在这样的深秋，那塔山有座塔，塔下有座书画院，书画院中两棵银杏树，落了一地金黄。我们就在那一地金黄里，在两棵银杏树底下喝茶，以及读诗。后来天空渐渐暗淡，暮色垂落在院中。小城故事多，读诗少。那样的黄昏，想必也不那样常见。大家相继走到前面，神情羞涩，去读一首自己喜欢的诗。那天喝的茶，是本地出品的一款绿茶，用的普通的玻璃杯子，普通的茶叶，用竹编笼子装的热水壶倒出水来沏茶。坐在银杏树下喝了一杯又一杯。那茶汤，异常好。

老家的茶，实际没有什么声名，以前听说过"常山银毫"，一度比邻县"龙顶"还要响亮一些，后来渐渐湮没，以至于悄然无声。或可一提的是，本地文史研究者，在白石镇曹会关发现一块石碑，尘烟蒙蔽，浮土之下，乃是《茶田碑记》。这块碑记录了一桩往事。几百年前，一支七百余人的英国使团，前往广州，途经此地，人困马乏，就在路边茶铺喝到一碗常山野茶。此茶之味，大概有着惊人之美妙，令这些流徙人士大呼难忘，遂于茶田之中挖取茶树六株，不辞遥远，一径带到东印度公司。据说啊，六株茶树存活下来，并在印度培植成功，繁衍生息。有人据此认为，印度的茶也好，英国的茶也好，都是从中国，确切一些说，是从常山小城流传过去的。

老家山清水幽，常有野茶生于云雾之间。这些茶树如尘世间老衲，寂寂萧萧，无人过问，遂保持天然纯正的品质。
江浙一带好茶甚多，大工业的结果，便是大品牌挤压小品牌，
茶叶更是如此。小众的茶叶，就只有小众的人赏识和品饮。
好在放心。倘若要真正感受这茶的野趣与纯真，便只有去那
山野之间，找耕夫、渔樵问茶——这事虽将大费周章，但喝
茶的趣味，说不定益佳。因茶味岂在茶中耶，实乃在茶汤之
外也。十一月九日记之。

凤翎绿茶

元旦这天阳光明媚，决定试键盘。试键如飞，果然是台好电脑，应该是个好兆头。

本来，这会儿差不多是在北海道看雪的。稻友们（一起种稻子的朋友们）早就说了，二〇二〇年要去好多地方走走看看，行程都做好了，结果没有去成。远的地方没有去成，近的地方还是去了几处。临安的山中，西湖的岸边，每次见了，大家都很开心。稻友两年前组团到日本参访大地节，采访策展人北川富朗，探寻艺术之于乡村振兴、生活美学的意义与途径。两年后，我们的一本书《观看：大地上的艺术》散发着墨香，摊开在读者面前，大家因此在杭州重聚，集体观看电影《掬水月在手》，又为新书一一签名，执手相叙，情深意契。我想，新的一年，风清气朗之时，还是要结伴出去走一走。譬如，去我们采访过的民宿住几天，与有故事的主人聊天；去景德镇做陶瓷，感受手艺的温度；到海南去看水稻田，探访亚热带植物和香料的秘密，等等。这样的行走，每一次都可以拓展认知的边界，也可以留下欢乐，以及思维碰撞的火花。比看风景更重要的，是跟谁一起去看风景，我们稻友同行的快乐，正在于此。

除了出门，还要静得下来，清晨下田干活，傍晚喝酒看花。元旦这一天，照例煎水煮茶读书。读的是帕慕克的《别样的色彩》，我很喜欢帕慕克，这样一个书名，我想也是适合在新年的第一天读的，似乎这样也能为这一年的缤纷色彩建立一个良好的开端。这本书里有一篇，是帕慕克讲他如何阅读《一千零一夜》的。在三十几岁之前，他每次阅读这本书，都会觉察到自己内心的反感。直到有一天，他开始接受了它，因为"最能投我所好的，却依然是穷街僻巷的趣味，是那些我曾经深恶痛绝的、龌龊的细节。也许，随着岁月既长，漫长的生活经验会使我逐渐认识到，背叛和邪恶本来就是生活的组成部分"。而这个时候，他已经三十四五岁了。读到这里，我觉得帕慕克是一个有趣的人，恐怕在他看来，生活本身足够丰富，而这正是它吸引人的地方；它由无数的碎片组成，既有坏的部分，也有好的部分，我们沉浸其中，热爱它，创造它，延展它，缠斗它，既不知胜算几何，更不知何时休止。但正因如此，我们才不管不顾，投身其中。每一天努力创造出来的好的部分，都让我们激动万分。

水在茶壶中咕嘟咕嘟地响起来，我去泡一杯凤翎绿茶。这是湖北郧阳的朋友给我寄的，郧阳是传说中凤凰的故乡。凤栖郧阳，汉水滋润，凤翎绿茶一颗颗紧致细小，亭亭玉立于水中，仿佛关公大刀的微缩版，执大刀的关公也不知何处去，只留一柄柄刀威风凛凛地立在那里，气势不减。郧阳我还没有去过，只听说那里有一项非物质文化遗产，叫"凤凰灯舞"，每年元宵节会在闹市街头演出，人山人海，极是兴盛。春节和元宵节，中国人最重要的节日，除夕大家在家团聚，到了十五元宵节就纷纷走上街头，热闹和狂欢。在我老家浙江常山，每年元宵节都有龙灯盛会，板凳龙、花灯龙、彩金龙，一二十条龙灯会于县城，喧天锣鼓与鞭炮声中，龙灯舞遍每一条大街。这情景，竟是几年未见了。二〇二一年元旦记之。

初梅花

　　点一支京都山田松香木店的初梅花御香。香烟袅袅。泡一盏漳平水仙。这是假期开始的日子。假期第一天，居然很早就醒了。想想就有点激动：放假了，终于可以专心工作了。

　　取来快递，是广西师范大学出版社编辑寄来的样书，马守仁先生著《山中取食记》。这是春节之前的最后一本新书，也是"雅活书系"最新的一本。"雅活书系"不知不觉出到四十余种，我将它们在书架上一溜儿摆开，颇有一点儿小壮观。年底或年初，出版行业盘点得失，不少自媒体便慨叹图书市场销售不佳，书市的许多问题暴露出来，出版形势也变得不那么容易。不过，我却以为，不管世界怎样变化，纸质阅读还是值得坚守。话说回来，也并不是守不守的问题，而是读书这件事情，各有所好。对我来说，必须要有直接的触感才行。读屏时代，数字化的阅读方式虽已是大流，纸质图书带给人心手如一的温暖与慰藉，却是别的东西代替不了的。

内心坚定，比什么都重要，哪怕一百个人里有九十个人都跑了，你也依然可以留下来，慢慢走。外部世界跟一个人的关系，有时很大，有时也很小。

《山中取食记》是我喜欢的书。作者马守仁，在终南山修筑千竹庵，隐居了二十年，后又在好友相助之下，于京都比叡山下购得山地半亩，茶室茶庭一院，取名"寄庵"，在那里隐居数年。这一本书，是记录他在山居过程中素食料理的内容。用简简单单的食材，做出美味的料理，既不追求食材稀有珍贵，也不追求刀工的花巧、烹饪的繁复，只是用最自然的方式，做出好的滋味来——作者说，这就是山居的滋味，也是禅的滋味。所谓禅的滋味，就是简单、直接、无取舍、无拣择的滋味。

这本书的出版，前前后后，也有两三年时间吧。记得最早与马老师相遇，是在太湖之畔，无锡灵山的拈花湾。在一面坡前，一棵树下，他用宋式手法给我点了一碗茶。他一袭青衣，焚香净手，凝神静气，整个过程一丝不苟。他用茶筅击拂茶汤，时疾时缓，行云流水。接过那一碗茶品饮，使我第一次感受到茶道之美。后来我们又有几次深入交流。我渐渐知道马老师品性，他在山中隐居之时，种地、瀹茗、插花、操琴、吹奏尺八、研习茶道，都颇有成果，茶道方面，竟至于开创了一个"南山流"的流派出来。

那一次初见，后来我写了文章，收录在《向美而生》书中。我们平时交往并不甚密，我想，马老师这样的隐士，应该也不太喜欢过于烦琐扰人的世俗生活，所以便不敢过多叨扰，只是默默关注他的文字，悄悄体会他的山中生活。过了两三年吧，他交给我一个书稿，问是否有机缘，能放在"雅活书系"中出版。便是这一本《山中取食记》的书稿。我读了，觉得很好，遂向广西师范大学出版社推荐，得以列入其中。书出版的过程，颇有些漫长，两三年的样子，好在马老师甚为理解，从来不催，只是每过小半年时，问一下是否有新的进展。

马老师在京都寄庵的生活，是令我十分向往的。他有时会晒几张图片，讲讲他在京都的日常。有一次他给我寄来一小盒线香，来自颇有声名的山田松香木店。这是一家创立于江户年间的小店，位于京都御所附近的小巷深处，至今已有三百余年。这一小盒线香，香型叫作"初梅花"，偶尔点一支，思绪便随那袅袅烟雾飘远，心也随即安静下来。

好的生活，粗茶淡饭可矣。若还有一盏茶慢慢地喝，有一本书静静地读，就已经是十分奢侈的事情了。二〇二一年二月六日记之。

松子落

到快递柜取件，是一本书，《非虚构何以可能：中国优秀非虚构作家访谈录》，刘蒙之、张焕敏著，中国社会科学出版社二〇一八年二月第一版。此书访谈了十四位作家，王天挺、袁凌、柴春芽、陈徒手、田毅、关军、易小荷、刘珏欣、谢丁、卫毅、薛芳、张赞波、阎海军、周华诚等。

依稀记得是好几年前的事了，编者跟我约一个访谈，聊非虚构的话题。在那之前，我发起"父亲的水稻田"城乡互动实验项目，在老家种田，之后在生活·读书·新知三联书店出版了非虚构作品《下田：写给城市的稻米书》。此书出版后，引起较多媒体兴趣，分别做了一些报道。陕西师范大学的刘蒙之教授，大约也是通过某种途径，知道我做的这件事及《下田》这本书，遂做了访谈。

现在重读这篇访谈，觉得那时我对非虚构写作的许多问题，理论性思考并不深入，而是在多年从事新闻工作之后的自然延伸，以实践为多。因本职从事的新闻工作，跟文学相比，对作品真实性的要求是极为严苛的。而非虚构文学之所以为"文学"，必然含有书写者主体的情感与判断，由此反映到对书写对象的选择与叙述上。非虚构写作就不仅是新闻，更应该是文学——阿列克谢耶维奇获得诺贝尔文学奖，我们读读她的作品，就知道那样的写作技巧，就是文学的素养与要求。

取书回来，本来是准备泡一碗漳平水仙。水沸了，茶也泡在盖碗里，手头翻书找资料，却把茶忘了。待回过神来，盖碗中茶水已然闷得太久，汤汁苦酽不堪饮。

喝茶这件事，还是应该心思单纯来做。这个春天，却是忙碌得很，喝茶也就喝得潦草了。有时候，虽然也是喝茶，却没有那样纯净的心意，一门心思来对待喝茶，即连茶汤的滋味，也没有好好地品味，不免唐突了茶。这样的时候，觉得惭愧，就不愿拿出太好的茶叶来喝，只是随意地取了普通的绿茶或红茶来泡。

前段时间，看电影《寻访千利休》，其中有一句话："唯有美丽之物，才能让我低下头颅。"千利休是茶道美学宗师。

看完电影，便觉得有一种沉静的力量，在茶水之间。

喝茶是需要耐心的，更需要平心静气，心思聚一。因此，喝茶，其实是对心性的修炼。常被俗世间事包围裹挟的人，没有时间喝茶，也是可怜。喝茶，焚香，看起来都是轻飘飘的小事，不值一提，也没有实用的价值，但正如那透过窗户投进茶碗中的一枚月亮。梵天皓月，清音袅袅，怦然动人。

喝茶的时候，取一把松子来吃。这是生松子，大凉山的朋友馈赠。以前我没有吃过生的松子，不知道怎么剥食才好。这天细细地研究，发现也并不难，几乎是跟嗑瓜子一样。找到松子稍尖的一头，那是种子冒芽的地方，也是最为脆弱的地方。在小尖上轻轻一咬，听到清脆的一声，啪，那是松子开了一丝裂缝（光透进来的地方）。再用手慢慢剥开，就是小小的松子在里面，洁白如玉。

吃东西也需要耐心，何况是生的松子呢。

生的松子，似乎是山上隐士们吃的东西，透着清雅与仙气（松鼠吃了不少，因此松鼠也同样充满仙气）。人在松树下坐，听那风过松树梢的声响，听到松子落的声音。遂随手从地上拾取松子，只吃几粒，肚中就不会饿了吧？

我吃了一掌松子，喝了一碗茶，飘飘欲仙。这是茶的力量吧。想起电影《寻访千利休》中的情景，觉得这就是美的力量——只向美好的事物低头。

很长一段时间没有这样宁静的感受了——嗒啪，听见松子落。二〇二一年三月十三日记之。

清韵 50cm×30cm 2021 年
（与闻章、尧山壁合作）

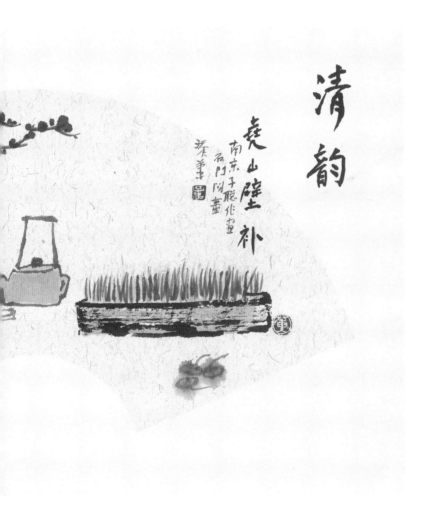

喫茶吧　28cm×28cm　2021 年（与王家葵合作）

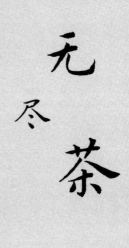

无尽茶

此时此刻，大自然无尽的秘密，似乎正在向我敞开。

喝不完绿茶

谷雨这天要喝茶。当然是绿茶。喝谷雨茶，说是有特殊的功效，例如特别清心明目、清凉解毒，诸如此类。应该是一个习俗吧。功效不功效的，倒不必那么讲究，姑妄言之，姑妄听之。谷雨，这个节气的名称真是欣欣向荣，谷得雨而生，嫩嫩绿绿一片，好看得紧。

明代钱塘茶人许次纾，在他的著作《茶疏》中说到采茶的时节，"清明太早，立夏太迟，谷雨前后，其时适中"。现在大家采茶，都要赶早，谷雨自然是迟了，连清明都嫌迟了，明前最好——明前茶价格高；过了清明，茶叶是一天一个价，跟过山车似的涨跌。今年龙井茶什么时候开采的，我是忘了，查了一下报纸，是公历三月十二日（农历正月二十九），这时候春分都还没到；正月十八，我在泰顺乡间采访，已然看到茶园里满是采茶的农妇了。不过，泰顺属浙南，气温要比钱塘高好些，采茶时节提前一些，是可以理解的。

　　一年到头，也就是春天里最适合绿茶，喝绿茶最多。明媚春光里，紫藤花架下，泡一杯绿茶，看新叶在水中舒展沉浮，一山新意，倒映在杯中。啜一口茶，满口香，吓煞人香。"吓煞人香"，是碧螺春的别称。碧螺春，也只有苏州城外洞庭山的碧螺春，才有资格叫作"洞庭碧螺春"。此外，碧螺春茶的采摘，每年春分前后开始，到谷雨前后结束，这段时间采摘的茶品质最佳，又细又嫩。等过了四月二十日的茶叶，本地人就不叫碧螺春了，而叫作炒青——连个名分也没有。

　　碧螺春的形状，卷曲成螺，颜色碧绿，顾其名可以思其义。其实绿茶，炒制完成后的外形，比别的茶都耐看一些，所以我以为，"目食"是品饮绿茶的重要部分。安徽绩溪的金山时雨，外形似银钩，泡开可见叶子纤细，像朵兰花开在水中。碧螺春弯曲成团，泡开也就挺直了。杭州的龙井，一叶叶压得薄薄，其实是一片片的样子，带着白毫，泡开后叶尖朝下，倒立水中。乌牛早是浙江永嘉的茶，长在楠溪江，当地茶农又称之"岭下茶"，样子跟龙井有些像，也是扁扁的，却要短一些，泡开以后短短胖胖，芽叶饱满，看起来一粒粒的，憨态可掬。安吉白茶呢，一叶叶圆细针状，稍不留神，会觉得跟枯卷起来的竹叶相似。谁让安吉有大竹海呢。径山茶太有名了，因为有径山寺，这个茶色泽翠绿，条形紧细，也是卷曲起来的，泡茶时可以先冲水，后投茶，待茶叶在水里慢慢展开，天女散花一般，慢慢下沉。开化龙顶也是我喜欢的，朋友每年会给我寄一些，这个绿茶细长圆润，身材挺拔清秀，身披银毫，春衫隐翠，泡开之后，杯中一枚枚怀抱紧实，直立水中，一会儿沉，一会儿浮，来回几番，仿佛是一座漂浮的水中森林，颇可一观。

绿茶的口感，虽略有差异，香气也有不同，但大体上都是清新宜人。品饮之时，仿佛舌上漫开一片春光。江浙赣皖大地上，绿茶很多，常常是一地一茶，名称各异。譬如黄山毛峰，外形细嫩卷曲，有毛有峰。休宁地方上有个茶，茶书里经常见到的，叫作松萝，现在却渐渐地小众了。

松萝这个名字好听，最宜入诗。郑板桥有一首诗，《不风不雨正晴和》，其中有句："最爱晚凉佳客至，一壶新茗泡松萝。"郑板桥是诗、书、画三绝，他这首诗却并不怎么高明。"不风不雨正晴和，翠竹亭亭好节柯。最爱晚凉佳客至，一壶新茗泡松萝。几枝新叶萧萧竹，竖比横皱淡淡山。正好清明连谷雨，一杯香茗坐其间。"一首诗里，翠竹、萧萧竹重复出现，再爱竹也不能如此强推呀。"一壶新茗泡松萝""一杯香茗坐其间"，茶又出现两次，这真是茶香醉人呀。

喝茶的人，常常是越喝越讲究，要么喝最新最鲜的茶，得赶早，喝的是那一口清鲜；要么喝最陈最旧的茶，讲究老，喝的是那一口醇厚。有一回，茶友分享给我一小罐陈茶，制于二十世纪七十年代末，比我的年龄还长，吓煞人，这茶就不敢轻易喝——什么样的隆重场合，才够跟这样的老茶相匹配呢？平添几许敬畏之心。这就喝得有点负担了。白茶也是如此，流行的说法是一年茶、三年药、七年宝，放七年的老白茶，价格就高了，这也导致很多人囤积老茶，说等于是投资买基金了。

相比之下，喝绿茶，就没有一点儿负担了。冲泡很简单，品饮也简单——无非是一个玻璃杯；无非是八十度到一百度的沸水；无非是先投茶后冲水，或是先冲水后投茶，再讲究一点儿，先以少量沸后稍凉之水略略醒茶，继而沸水冲泡。接下来，就看茶叶在水中浮浮沉沉，品饮之时，感受到一股春天般的气息，呼啦啦地扑面而来，甚是欢喜。

过了夏天，绿茶就不怎么喝了。

倒不是喝完了，绿茶每年都喝不完——从春天开始，各种绿茶都想品一品，都想尝一尝。不知不觉，春天就过完了。一眨眼，夏天也过完了——还有许多的绿茶来不及喝。绿茶不能久存，一年过去，那就是陈茶，只能拿来煮茶叶蛋。煮茶叶蛋，人家还说是红茶最佳呢。那么，下一个春天到来的时候，漫山遍野茶园重新热闹起来时，又有许多的新茶可以品饮；那么，那些没喝完的茶，没聊完的故事，就只好由它，留在匆匆逝去的时光里了。四月二十日记之。

蕉荫记

上午随手翻《节序同风录》，才想起这一日是立夏，便翻到《四月》，开头便是《立夏》。书中没有说到江南一带在立夏这天常见的煮茶叶蛋、吃乌米饭，却用很大篇幅来讲饮茶。饮茶的部分，主要是三条——

烹新茶，佐以各色细果，祭祖先。巧者雕刻果核，饰以金箔，馈送亲眷，谓之"戚家茶"。或敛七家茶叶，烹以奉亲，曰"七家茶"。

列茶具于蕉荫，集雅人为"品茶会"，曰"汤社"，又曰"茗战"。其色样有团饼、旗枪、舌牙、毛片，其地道有松萝、六安、安化、天池、龙井、顾渚、武夷、罗岕、北源、虎丘、蒙顶各种，以新为佳，制法、烹法、器具俱载茶谱。

茶中着果用榛仁、核桃仁，曰"清泉白石"。

　　《节序同风录》是清人孔尚任所著。孔尚任这个人，常跟洪昇一起被人提到，称为"南洪北孔"。这是两个戏迷，康熙时期照耀文坛的戏剧双星——孔尚任写了《桃花扇》，洪昇写了《长生殿》，可谓中国古代戏剧迷里的成功人士了，这两部剧作流传几百年，至今来看，依然算得上是历史上的巅峰之作。大概是写戏太过投入了，孔尚任做学问就稍显得有那么一点儿随意，譬如《节序同风录》这本书，按是按"岁时记"的写法，记下一年到头的时节与习俗，但他在辑录之时，并没有具体注明某一风俗习惯的地理方位。毕竟，中国地大物博，习俗的差异化实在太大，你要不说清具体的方位，有一些东西还是叫人如坠云里雾中，不足为日常生活指导之用。

　　不过，从此书中感受一番中国古人的日常，体悟一下按时节过日子的仪轨、品质、风雅、缓慢，倒是很合适——书中写道：

　　　　采百花蕊头，甑蒸之，香气馥郁，曰"非烟香"，流下香水贮用，谓之"百花香露"。儿童绕邻乞米，拔篱笋，寸断之，杂煮作"百家饭"，老幼分啖，云可一夏无疾。

　　蒸花熏香，拔野笋做笋饭，都是跟着时令过生活。
这个时节，万物欣盛满眼春，怎么玩都很开心。

　　那么，立夏该怎样饮茶呢？这"立夏三条"里，提到松萝、
六安、安化、天池、龙井、顾渚、武夷、罗岕、北源、虎丘、
蒙顶，这些都是绿茶。譬如松萝，我前几天还在家中品饮，
晚春时候喝点绿茶，杯中尚有春意在焉——关键还得是新茶，
当季的新茶，自然是要鲜嫩一些，香气也高扬。不过，第一
条中，说到供奉祖先的"戚家茶"，到底是谁家的茶，又是
如何煮的？

　　其实，"戚家茶"既是茶汤，也是一款小吃，流行于明
初的华北地区。做这个茶，是把蒸熟的糜子面和进开水，不
停搅拌，使之成糊糊，再加进蜂蜜、桂花、枣泥、莲子之类
的辅料，有点像今天的甜点，口感你也可以想象，一定是甘
芳细腻。

　　这个吃法，其实离饮茶有点远，更像是一道甜品，或是
一碗黑芝麻糊——饮食上的价值差异，南北或东西之间，或
山海或哪怕此村与彼村之间，不免都是有一道深深鸿沟的。

南方人喝茶，通常是只要茶叶与水就好，偶尔有一点儿例外，譬如湖州一带，倒是有一种"青豆茶"令人印象深刻。这个青豆茶，也叫"烘豆茶"，以烘过的豆子为主料，加上芝麻、橘皮等辅料，讲究的人还要加萝卜干、桂花、豆腐干、笋尖或青橄榄，有的还会加进绿茶——在碗中冲泡而成。

这样一说你也明白了，这一碗烘豆茶，若是没有绿茶，依然还是烘豆茶；戚家茶也一样，有没有茶叶不要紧，依然也是戚家茶。至于想在茶中增加些什么，可以悉听尊便，自由发挥。以榛仁、核桃仁加入，名之"清泉白石"，这是风雅之称，大可不必拘泥。

话说，这戚家茶是跟戚继光有关。当年戚家军镇守山海关，常在行营帅府备下福建糕点，配以茶汤，宴请当地的乡绅、官府、有功将士等。凡能在帅府品尝一碗戚将军赏赐的茶品，都会让人觉得无上荣光。于是，戚家茶就这么流传开来。与此同时流传开的，还有一道饼，"橡萝叶饼"，简单说，就是用橡树叶子包的饺子。

夏天到了，列茶具于蕉荫，雅人排排坐，开一个品茶会，倒是有意思的事情。但是，首先要有蕉荫——雅人易寻，蕉荫难得。古人的画里，常常有芭蕉一两丛，点缀在后花园的角落。假山错落，流水潺潺——你得有个后花园。城市中人，大多居于高楼之上，十多幢房子住着参差数千人家，一家平均三四口人，这么多人住在空中楼阁，能均分和享受到的土地面积委实有限，你要有一片蕉荫，并且挤到蕉荫下去饮茶，简直是，天大困难。上个月，我在乡下老家园子里，栽下两株芭蕉，芭蕉苗乃是网购来，尚不足一尺长，栽下之后殷勤浇水，不知道什么时候可以成荫。五月五日记之。

茶梗记

　　我老家乡下有一片茶园；各家的屋后地角，也有零星的几行茶树。到了春天，妇女们就结伴上山采茶。那些茶树从来也不见有人去打理它，只是任性生长；采茶也是一件想到了才会去做的事，并不一定非去不可。有人约了，才去采一些——妇女们在腰间系一条围裙，采了茶叶，再用围裙兜着回来了——随随意意的样子。茶叶总计没有多少片，似乎她们在茶山上谈天说笑，才是一件正经事。

　　我在村庄里的小学校念书，虽说是小学校，统共也没有几个学生，但劳动课却是有的。春天里也会有一天，大家集体上山采茶。我们把采来的茶叶，统一交给老师，老师再统一过秤，交给茶园的主人——似乎是村集体。这样采茶，有些许微薄的工钱，统一算给学校，也可以添置一点儿柴火，或者换置一些油印试卷的蜡纸。至于那些茶叶，村里的人，会在炒制好以后，又再送一些到学校里来，给老师们喝。

　　后来我才知道，好的茶叶，那么贵。茶叶为什么会贵呢？无非是一些树的叶子，无非是把树叶子烘干了，再用开水把叶子泡开；无非是一些苦的东西，一些涩的东西。小时候的我，百思不得其解。

　　村里人喝茶，喜欢泡浓酽的茶，用的是老茶根——既有粗朴的茶梗，又有大张的老茶叶，根本不是现代人所讲究的"一旗一枪"那样的嫩芽。一个茶缸里面，大半缸都是茶叶茶梗。耕田佬下田劳作，也会带上一大缸浓茶。暑假里割稻子，父亲会带上一钢精锅的茶，放在稻田阴凉处。割稻子累极了时，我们就坐在水稻的中间，大口大口喝那些浓茶。滚烫的风，吹到脸上，我们觉得那浓茶也是甘甜无比。

　　去见一位新朋友，发现他居然是做茶器的。我就坐在他的工作室里喝茶。他用自己设计、烧制的茶壶来泡茶。看他泡茶，仿佛时光都慢下来，那么静。一个四十来岁的男人，文质彬彬，轻声缓语。他烧制的茶器，用的是汝窑工艺，自己调了一种釉，因其细腻，名之以"青羊脂"。青羊脂的茶壶上面，还搭配了有意思的铁锈釉，细细看，表面有细密且内敛的开片。

那个茶室也特别，徒有四壁，壁上空无一物，唯有辽阔。

坐在那里喝茶，内心是澄澈的。慢慢地，泡上一壶茶来。看他泡茶，我忽然觉得，茶与茶的喝法，是不一样的。

二十多年前，美国人比尔·波特来到中国，前往终南山寻访隐士。在中国的历史上，隐士是这样一个历史悠久的小众群体。他这样写道：

> 有的人什么都不想要，而只想过一种简单的生活：在云中，在松下，在尘嚣外，靠着月光、芋头和大麻过活。除了山之外，他们所需不多：一些泥土，几把茅草，一块瓜田，数株茶树，一篱菊花，风雨晦暝之时的片刻小憩。

确实如此，月光、芋头、菊花、茶树，都是与隐士生活关系最密切的东西。即便是现在这个年代，依然有人归隐山林，找一个林深泉幽之处，在那里结庐而居，烹茶、参禅、农耕和读书，偶尔也上网和写作。

酒近侠，茶类隐。茶的历史，在中国源远而流长。从西汉一直到隋唐，古人都是煮茶来饮，持续千年。到了初唐，人们开始讲究起喝茶的形式，有了煎茶，也有人尝试着在煎茶的同时，加入盐、姜等佐料。到了宋代，饮茶又发生了变化，叫作点茶了。唐代的煎茶道，复杂，高雅，只适合少数的文人墨客、山林隐士，五六个人在一起，来煎茶。而宋代把它简化，形成了点茶法。历史总是越来越简单的。到了明代，饮茶方式又简化，成为烹茶法。茶道越来越简化，到了清代，就是泡茶了。

南宋末年，禅宗的临济宗一派的点茶礼仪，被东渡僧从径山寺带到了日本。于是，日本有了茶道，它是我们南宋点茶法的一个分支。

所以日本的茶道，礼仪非常严格，也非常富有禅味，正是因为它的来源是中国的临济宗。十五世纪末至十六世纪初，日本战国时代的田村珠光，成为茶道鼻祖；武野绍鸥，则为茶道中兴名人；稍后于二人的千利休，则把茶道引至巅峰，成为集茶道文化之大成者。他们身处日本中世的乱世期，以日常生活中的社交文化为基础，建立了绝对和平的、充满人间之爱的殿堂。

茶道，是日常生活的艺术，是一场心的交流与美的盛宴，甚至是对美的信仰。茶道与美学直接相关。那么，这种信仰的内容是什么呢？冈仓天心在这本《茶之书》里一言以蔽之：

> 本质上，茶道是一种对"残缺"的崇拜，是在我们都明白不可能完美的生命中，为了成就某种可能的完美，所进行的温柔的试探。

今天的人，我们怎么喝茶？常见的状况是在一个杯子里投入一小撮茶叶，一股沸水冲下去，茶叶翻滚，稍待一会儿，即端起茶杯，一边吹着茶叶，一边啜饮起来。而在许多公家场合，以便捷为要，常取一次性的塑料杯或纸杯，在其中泡茶。那样喝茶，就已经完全喝不出茶的味道了。

茶要怎么喝？

《红楼梦》第四十一回里，妙玉说道："一杯为品，二杯即是解渴的蠢物，三杯便是饮牛饮骡了。"这是有"道"蕴含其中的，而我们今人那样的随意饮茶，其实是离"道"甚远的了——有"日常生活"，却没有"艺术"。

在冈仓天心的笔下，茶不只是一种解渴的饮品，更是东方文明的凝结。冈仓天心是东京大学的首届毕业生，创办了日本东京美术学校，还以京都、奈良等地为中心，对日本古代美术进行了精心调研。一八九三年，他三十一岁时，游历北京、洛阳、龙门、西安，寻访中国古代艺术的踪迹；一九○一年访问了印度。一九○四年，他受邀去美国波士顿美术馆工作，去时只带了一人一书，一人是一位助理，一书就是陆羽的《茶经》。他在那里潜心研究东方美术，一九○六年，写出了这本初版为英文的《茶之书》。

冈仓天心，一位东方艺术家与文化人，在西方浪潮的冲击下，写出此书作为回应——

> 究竟要到何时，西洋才能真正理解东洋呢？正确地说，应该是要到何时，西洋才会尝试努力来了解东洋呢？身为亚洲人的我们，屡屡被西洋人对东洋事物肆意的想象与误解感到心惊胆跳……

冈仓天心，发现东西方平等的对话与共通的人情，可以在一个小小的茶碗中展开：

不可思议的，时至今日，东西方却在喝茶这个人之常情的境域里相互契合，而茶道便成为唯一被世界公认，并深获好评的亚洲特有之仪式。白种人曾嘲笑我们的宗教、道德，但对这个褐色的饮料，却是不假思索地欣然接纳了，现今的西洋社会里，下午茶扮演了举足轻重的角色。

就这样，冈仓天心试图用英文撰写一本介绍日本茶道的书，向西方世界展示日本的"生之术"。在他看来，武士道是日本人"死的艺术"，而茶道，则是日本人"生的艺术"。

《茶之书》于一九〇六年五月在纽约上市后，席卷全美，不仅为中学教科书所采用，还越过海峡，发行了德文版、法文版、瑞典文版等，遍及全欧洲，冈仓天心也因此声名大振。现在全世界的人之所以对日本的茶道充满尊重，这本书起了非常大的作用，包括我们现在对茶的理解，以及台湾的茶道美学，都跟这本书有很大的关系。

冈仓天心还说到——

对晚近的中国人来说，喝茶不过是喝个味道，与任何特定的人生理念并无关连。国家长久以来的苦难，已经夺走了他们探索生命意义的热情。他们慢慢变得像是现代人了，也就是说，变得苍老又实际了。经常地，他们手上那杯茶，依旧美妙地散发出花一般的香气，然而杯中再也不见唐时的浪漫，或宋时的仪礼了。

这一段话，写于一百年前，对今人依然是一声警醒。茶事起于中国，但茶道文化做得好的是日本人，茶叶生意做得好的是英国人，中国枉自有陆羽一部《茶经》，却既未能在茶的文化上，也未能在茶的商业上占据巅峰地位。对此，周作人曾有一个解释，说因为中国人缺少宗教情绪，不大热心于"道"，所以没法产生茶道这个东西，就好比早在明代就有《瓶史》而不曾发生花道一样。在中国，茶与柴米油盐酱醋并列，是居家必备之物，是世俗的；如果将饮茶上升为道，成为一门生命美学，就已是哲学的了。

茶师千利休看着儿子少庵打扫庭园。当儿子完成工作的时候，千利休却说："不够干净。"要求重做一次。少庵于是再花一个小时扫园，一切都更加干净了。他满意地说："父亲，已经没事可做了。石阶洗了三次，石灯笼也擦拭多遍。树木冲洒过了水，苔藓上也闪耀着翠绿。没有一枝一叶留在地面。"

此时，千利休却道："蠢蛋，庭径不是这样扫的。"

说着，他步入庭中，抓住一棵树干摇将起来。园里顿时落满红黄色的树叶，片片皆是秋之锦缎。二〇一七年五月七日记之。

分别心

　　数月之中，埋头写一本南宋德寿宫的书，其中一节，讲到德寿宫遗址出土过一件酒坛的泥封。这件泥封上有几个字："上品""梅花""惠山米""三白泉"。"上品"，表示酒不错。"梅花"，可能指向梅花酒这个品类。"惠山米""三白泉"，说的也许是酿酒的原料，无锡一带产的惠山米和不知道哪里的三白泉。

　　这里虽然说的是酒，却令我想到了茶。惠山在无锡西郊一带，略翻过几本茶书的人，都知道"惠山泉"的大名，说是陆羽品鉴过，所以也叫"陆子泉"。下次如果去无锡，定要记得去看看这汪名泉。

　　陆羽写《茶经》，对煎茶之水是极为看重的，说"山水上，江水中，井水下"，又撰写了一篇《水品》，把天下名泉分出了二十品，可惜这篇文章今已失传，记在了同时代文人张又新的《煎茶水记》里：

庐山康王谷水帘水第一；无锡县惠山寺石泉水第二；蕲州兰溪石下水第三；峡州扇子山下有石突然，泄水独清冷，状如龟形，俗云虾摸口水，第四；苏州虎丘寺石泉水第五；庐山招贤寺下方桥潭水第六；扬子江南零水第七；洪州西山西东瀑布水第八；唐州柏岩县淮水源第九；庐州龙池山岭水第十；丹阳县观音寺水第十一；扬州大明寺水第十二；汉江金州上游中零水第十三；归州玉虚洞下香溪水第十四；商州武关西洛水第十五；吴松江水第十六；天台山西南峰千丈瀑布水第十七；郴州圆泉水第十八；桐庐严陵滩水第十九；雪水第二十。

《煎茶水记》里，还记下了刑部侍郎刘伯刍论泉七品——

扬子江南零水第一；无锡惠山寺石泉水第二；苏州虎丘寺石泉水第三；丹阳县观音寺水第四；扬州大明寺水第五；吴松江水第六；淮水最下，第七。

其中，都提及"扬子江南零水"，分别位列第七和第一。

南零水又叫中泠泉，位于江苏镇江的金山。这泉很神奇，江水涨的时候就为江水所覆，泉出于江心，喷泉涌出，即是江心水。

有一次，御史大夫李季卿碰到陆羽，李慕陆名，相约同行，泊于扬子驿。李季卿说，今天碰到陆君，又听说扬子江南零水殊绝，这两样妙事碰到一起，真是千载一遇，就让人去南零取水。过半天，人取水而至。陆羽用勺子舀水，说，江则江矣，但不是南零水，似乎是临岸之水。取水者说，我驱舟深入江心，过百人亲眼见到，我怎敢说谎？陆羽不言。等到他倾水约半盆，陆羽阻止，又取一勺，说，这以下都是南零水了。取水人大骇，只好坦言，归来途中船舟动荡，取来的水不小心倒掉了一半，担心水不够，就从岸边取水加满了。

取水煎茶，本是人人都能习得的日常小事。因为有了这神乎其神的鉴水技能，就与常人分开了。

跟南零水有异曲同工之妙的还有一个传说，是宋代的事了。苏东坡行舟江上，连日鞍马困顿，不觉睡去，忘了吩咐水手在中峡取水。醒来一看，船已错过中峡，到了下峡。东坡令泊了船，嘱苍头去岸上找个老人家上来。老人来了，东坡好言相慰："我是个过路的官儿，也管不着你，就问你一句话。这条江上的瞿塘三峡，哪一峡的水好？"

老人家被问得蒙圈了，这三峡相连，并无阻隔，上峡流于中峡，中峡流于下峡，昼夜不息，一般样水，哪有好坏之说。

东坡听了，也觉有理。他让人买了一干净瓷瓮，立于船头，看水手将下峡之水满满汲了一瓮，用柔皮纸封固瓮口，亲手画押，即刻开船，把这瓮水抬到了相府去见王安石。王安石让人把水抬进书房，亲以衣袖拂拭，纸封打开。命侍童烧水烹茶。他取白定窑茶碗一只，投阳羡茶一撮，待汤沸如蟹眼，开始泡茶了。一泡之下，王安石问，这水是何处取来？东坡说，这是中峡水。王安石说，你欺老夫了，这明明是下峡之水，如何说是中峡？东坡大惊，把当地老人家的话再说了一遍，明明三峡之水一般模样，老太师是如何分辨出来的？王安石说，上峡水性太急，下峡太缓，只有中峡水是缓急相半。此水烹阳羡茶，上峡味浓，下峡味淡，中峡浓淡之间。今见茶色半晌方见，故知是下峡。

这也不得不让苏东坡大惊失色。喝茶之人，对水之讲究，几乎成为喝茶一事里最为重要的技能。如果连水都不讲究，几乎就是个不入流的俗人。我想，这三峡之水，上峡水流急，下峡水流缓，莫非是说水流的跌宕激荡，改变了水分子内在的排列布局，从而深刻地影响了水与茶的化学反应，最终影响茶的颜色与口感？实未可知。

鉴水技能的高下，成为决定煎茶鄙视链里位置的重要依据。明人倪瓒命仆人上山挑水，水挑回来后，他吩咐下人只用身前一桶水泡茶，身后一桶水拿去洗脚，这只能算是心理层面的洁癖。相比之下，《红楼梦》里的妙玉才是占据鄙视链顶端的人。

第四十一回里，贾母等人到栊翠庵，她给贾母端茶，说茶是老君眉，水是"旧年蠲的雨水"。等和黛玉、宝钗一起喝"梯己茶"时，她用的是平时舍不得吃的五年前收的一个寺里的梅花上的雪。黛玉问："这也是旧年的雨水？"遭了妙玉一顿抢白："你这么个人，竟是大俗人，连水也尝不出来。"还说："隔年蠲的雨水哪有这样轻浮，如何吃得。"

这又是一个"高阶"的比拼，如果你连水也尝不出来，就是个大俗人了。这水的高阶在于，第一，是雪水；第二，是梅花上的雪水；第三，是玄墓蟠香寺中梅花上的雪水。若有人觉得，梅花上的雪水便已经了不得了，其实是俗了——精髓是在那寺中。寺中梅花，才有那一抹高远的意境。而且这一寺与那一寺，此一寺与彼一寺，同是梅花上的雪水，味道也是不一样的。

妙玉对茶水的品鉴，把所有人都比了下去，似乎毫无意外地证明了她自己在这方面是个高人。但潘向黎在文章里就说妙玉"其俗在骨"，"喝一个茶，从茶杯到茶叶到水都要分等级，全无众生平等之念，无非是要显示自己的身份"。干什么都要把别人比下去，的确可厌。出家之人不该有那么多的分别心。茶器用那些古古怪怪的珍玩古董，刘姥姥喝过的杯子也不要了，给贾母泡茶用的是一种水，给黛玉、宝钗、宝玉他们泡的又是另一种水，说到底还是修行不够吧。有一句话叫作"只要真心款待，粗茶淡饭亦是好"，而要是没有这样一种真心诚意，就算以最贵重的茶、最珍贵的茶盏、最稀见的梅花雪水泡出的茶，又有什么好的呢？

这世上，有人爱茶，有人爱酒，有人爱读书，有人爱交

际，有人爱清贫，有人爱金钱，其实是一样的，未必要分出
什么高雅与庸俗。有人爱用古董器具喝茶，若无显摆之心，
亦无分别之心，无非是寻找一点儿自己的乐趣，倒也无可非
议。喝茶的人，如果喝得出天下名泉的差异，喜欢去追寻那
世外的高味，自然由他去追寻好了。倘若不在意，便用江水、
井水任意煮来，用乡野粗茶梗子泡一大陶缸的茶汤来牛饮，
也自有无比的畅快在焉。二〇二二年五月十五日记之。

黄茶帖

黄茶是不是第一次喝到，我有些不确定，但应该是听说过。譬如说霍山黄芽，安徽的；蒙山黄芽，四川的。茶的品种，常常以色来论，黑茶白茶，红茶绿茶——倒没有听说过蓝茶紫茶，不知道有还是没有。其实单以颜色来论茶，有点过于表面，有的白茶，其实是绿茶；有的黄茶，其实也是绿茶。这且不说它。这次喝到黄茶，是在浙江的龙游，烟雨蒙蒙之中，一条江的湾里叫泽潭的地方，简直是惊为天境——怎么有那么好的地方，江开天阔，一艘船（可惜是一艘挖沙船，如果正是一艘木质的小渔船，那就更好了）停泊在江中。不过，最好的是烟雨笼在江面上，也笼在人脸上。

就这样看一会儿，折身返回时，却见有女子坐在路边亭子下泡茶。这是很有意思的——刚刚面对那样阔大的境界，一转身又有如此具体可感的小而美的事物，顿时觉得，如果不坐下来喝一杯茶，简直是要辜负这样的美景。

在路上讨一碗茶喝，就仿佛置身在千年前的沧桑古道上了，我便是那浪游天下的旅人。感恩路上的施茶人，赐我一碗茶汤。这碗茶汤让人眼睛一亮，它的颜色明澈鲜活，叶色金黄，问了才知道，这是黄茶。

一口茶汤入喉，顿觉身心清明。泡茶人还在继续煮水泡茶，我则喝了两碗。继而人声沸沸，周遭热闹起来，也没法潜心静气地喝茶，觉得是唐突了眼前的美意。如果只是二三人，临江摆出这样的一席茶，如此坐上两三个小时，统共只说四五句话，只凭清风过耳，飞鸟停留，茶席边一年蓬的白色花朵默默开，就太好了。

因为对黄茶感了兴趣，便存了心思想去了解。后来知道，这泡茶女子名伟燕，十多年前开店卖手机，卖服装，卖电脑，后来因为孩子要学舞蹈，小县城里找不到学舞蹈的好地方，索性自己开办了一个舞蹈学校。再往后，开办了国学课堂，让更多的孩子爱上传统文化。她的书院，叫作仁礼书院。她说，要是有空，可以去书院里转一转。

这更有意思了，一碗茶喝出一个故事来。我是想去她的书院看一看。一碗茶，在大江边上，与在书院檐下，是会喝出不一样的滋味来。然而，终究又是没有去成。很多事情都是这样，想是想了，成不成也无所谓，到底需要一点儿机缘才好。这也是一碗茶汤的真味，无可亦无不可。我心里也还念着那一条江，沿着"联盟九五大道"在江边散漫行走半天，所见皆是风物。

后来又路过一座小村庄，有一家子农人在田里收拾油菜，大人从远处怀抱晒干的油菜，抱到摊开的布面上，便于敲打，让油菜籽脱落出来。油菜枝干比人还高，晒干了之后，看上去居然像是白色的花枝。抱了满满一怀的油菜，竟像是抱了满满一怀的花。一会儿是男人去抱一怀油菜回来，一会儿是女人去抱一怀油菜回来，来来回回，让人想起西方经典油画里，怀抱巨大花束的男人和女人。这是满怀喜悦的劳动场景。

更让人喜悦的是，地上油菜秆的中间，还有一个三四岁的小孩子，忙忙碌碌，爬进爬出，满头满脸沾了白色的碎屑，开心得不得了。这样的一幕真是好，传统乡间的劳作，是大人与小孩都处在同一个情境之中。大人在劳作，小孩也在劳作。大人在田地间，小孩的玩耍也在田地间。这是心意相通的地方。倘若大人在田地里劳作，小孩早早就关在幼儿园里读英文单词，则不免是心意阻隔。倘若要说国学，我以为这便也是一种国学；倘若要说传统文化，我以为这便是最好的传统文化。

茶园，在一路上也能见到，是不是黄茶倒也分辨不出。这个时节，已经过了春茶的时间，偶尔还能见到老妇人在茶园里采茶。龙游的黄茶，主要产自圣堂山，听说那座山八百多米高，以后应该会有机会去爬一爬。龙游这个地方，最有名的，还有一个"龙游商帮"。南宋时期龙游商帮就有了，明清时期至于鼎盛，做的生意遍及全国，那时候也正是这样的商帮，把龙游的茶叶带到五湖四海的地方。五月二十二日记之。

漫饮　27cm×27cm　2021 年（与龚明德合作）

得好友来如对月 33cm×33cm 2021 年（与闻章、潘海波合作）

猴魁记

也是没想到，这次会隔了这么久才回家。原本过年要回的，出行计划做好，结果计划一变，人的流动就不自由了，只好就地过年。以为元宵节会好一点儿，以为"五一"会好一点儿，结果七弄八弄，还是没有回成。母亲盼着我们回去，过年备的鱼肉鸡鸭，只好一直冻在冰柜。

这次终于回家住了两个晚上。清晨起床，在院子里看花看草，听见什么在枝头叫，我起先以为是鸟叫，在树下仰头望了半天，看见一条尾巴活蹦乱跳，原来是只松鼠。奇怪得很，松鼠的叫声居然跟鸟叫差不多。鸟的唱腔更为丰富，林子里各种各样的鸟叫，远的近的，雄的雌的，脆生生的是林莺，雄浑的是鹧鸪，我听了半天，到底也没有分清各是什么鸟的声音。

围墙下绣球花开得正好，蓝莹莹的一枝一朵。我跟母亲说，可以剪下一枝，插在房间瓶子里。之前请人用老木头打了一组大柜，摆在母亲房间，柜子上的花瓶插一枝绣球，很好看。母亲说："你们不在家，我也懒得剪花，想看了就下楼到院子里来看，也很好。"两缸荷花，此时才舒展小叶，我都忘了是什么花色。后窗几杆修竹，是父亲去年种下的，长得倒很有生机。父亲几个月前，有一次搞卫生，在小茶室门前一脚踏空，摔了一跤，好久才缓过来。母亲说起，我惊讶极了，事情距此已过去数月，母亲不说，父亲更不提。我听了真是愧疚。我平时心大，不太惦记家里的事。之前每个月都回家两趟，什么事都近在眼前，也无须惦记。这一次，太久没有回——父母年纪大起来，身体的灵活性大不如前。岁月残酷，岂肯饶过谁。父亲年纪大了还要强，田地里什么农活都不肯落下。挖番薯地，干累了，就说明年坚决不种地。真到了明年，时节一到，他却又仿佛被谁催着似的，把说过的话都忘了，照旧扛着锄头下地去。

　　门前枇杷树有两棵，一棵在山边，一棵在池前，今年都挂了不少果子。母亲特意用纸袋子套住。取下纸袋，枇杷果子金灿灿的，母亲整枝地折下，让我吃。这果子还是略有些酸，我说少摘几颗，等到甜时再摘了吃。母亲说，等你下次回来，那还有个啥。鸟雀要吃，松鼠也要吃，留不住。第二天离家的时候，母亲又多摘了几挂，让我带回给娃儿吃。

家里的果树，都是父母多少年来陆续种下的，品种多样。每次打电话，父母总是说——桃子熟了，回来吃。李子熟了，什么时候回来。蓝莓种了几棵，美国品种的蓬蘽也种了几棵，打电话时说，这个蓬蘽红了，个头很大，就是特别酸，什么时候回来吃。再过不久，杨梅也红了，又说快回家来吃。以前我三不五时在家住着，田里地里也懒散侍弄，娃儿们虽然在城里读书，回老家一趟也很容易，这一回，唔，且不说它了。

拿了些土豆、辣椒、包心菜，母亲自己做的腌菜、辣酱、笋干，当然还有几挂枇杷，装进车的后备厢。每次都是这样。晚上在书房喝茶，拿了枇杷出来吃，娃儿们吃了几颗，有点怕酸，我把几挂吃完，牙也觉得软软的了。喝的茶是太平猴魁，安徽的茶。五月二十四日记之。

元旦试茶

　　开了空调，开了油汀，翻开一本书《伦敦人》。这本书每一页纸都是软软的。"世上只有一个伦敦，好比我也只有这么一个屁股。"这句话是泰晤士河上的一个船夫说的。莎士比亚则说，"城市即人"。这本书记录的是对八十多个伦敦人的访谈。

　　全书分为三个部分。每一个部分里又分成若干小组，比如第二部分就有"继续旅程""城市边缘人""城市供给者""一步步往上爬""艺术展示""寻欢作乐"六组，每组各有三至六个人的口述或访谈。翻开第一部分，"爱与性"这一组，有四篇文章，《爱的故事》《在国会山上相遇的情侣》《专业施虐者》《护士》。

　　第一个故事，是一位在巴黎生活的巴基斯坦女孩的故事，她讲的故事很长，其中有一段可以抄录如下：

　　我现在有一个新的男朋友，我们准备搬到一起住。这让我感觉兴奋。我们在伦敦相识、相爱。这种感觉很不一样。我在这里能感到一种自由。我不再被监视的眼睛追着跑，也可以在没有干扰的情况下过自己的生活。在这座城市里，拥有各种各样故事的各种各样的人，都找到了自己。我可以给我的伴侣展示我的巴基斯坦文化中最好的部分，比如食物、电影和音乐。他可以通过这些来了解那些塑造了我的文化……

　　第二个故事的主人公是一对情侣，他们十年前在国会山上相遇。当时是下午三点半，米兰在散步，彼得在遛狗，他们四目相接，彼此微笑。就是这么一个简单的情节，口述是两个人完成的，你一言我一语就讲完了这个简洁的故事。

　　第三个故事的主人公是一个专业施虐者。她的自述里有一段话：

　　　　伦敦是世界上最调皮而古怪的城市之一。我也不知道为什么。比起别的城市，这里有更多迎合各种性癖好的俱乐部，有更多提供专业服务的人……在这方面，不同国家之间的不同实在美妙。

第四个故事的主人公是一位叫洁·休斯的护士："可以说，如果这座城市里没有酒，我可能就失业了。"

我想说的是，为一座城市的精神画像是一件非常困难的事。是的，城市即人——城市是由这个地方一张一张的面孔，以及一张一张面孔所携带的生活所共同构成的。城市是一个舞台，所有这些人在集体演出。问题在于，如果你是一位作者，试图为这座城市画像，找到那些演员聊天——那么，你是否需要足够的样本？或者，是不是能找到典型的人——谁才是这座城市的主人公，比如，也许既要有国会议员，也要有街头拾荒者。

一座城市越有趣，越丰富，应该去找到的人就越多，因他所代表的那个群体不管有多么小众，缺了他，这座城市就不完整。所以，这对于书的作者也是一个挑战。

还有你的立场——有没有预设性，你想呈现这座城市的好还是坏，当然，我想你一定会十分客观的，但是哪怕没有预设，你对这座城市是否有好感，也或多或少，决定了你在潜意识里对这座城市的判断。

所以翻读《伦敦人》这本书的时候，尽管是在元旦这样一个节假日，我想的居然还是工作——这真是一本杰作。想想看，如果你要深入了解这个世界上最独特、最著名的一座城市，那么去找这座城市里最有趣、最独特的人聊天就行了。做过伦敦人访谈的本书作者克莱格·泰勒，在完成此书之后，一定是对伦敦最为了解的十个人之一（咦，为什么是十）。从某个角度来说，他一定比伦敦市长更了解这座城市。

如果你在一座小镇生活，你也可以去找小镇上的几十个人聊天，并且记录下他们的生活——我觉得这或许也是一件值得做的事情。

最近几年，我和我的工作室小伙伴们也在做一件事，是为地方文化和地方品牌的传播做一些努力。我们为雄安、杭州、上海、苏州等很多城市及临安、开化、常山、磐安、松阳、黄岩、仙居等县市做过此类工作，搜寻属于它们自己的故事，然后讲述和传播出去。甚至是一座小镇。不管城市或地方区域大小，有故事的人总是很多——困难之处在于，你如何在相对有限的时间内，快速找到那些人，而且还要"找对人"。

当然，伦敦这座城市本身已经足够有意思了，以其之大，栖身其中的人必然也足够有意思。所以《伦敦人》这本书超过了五百页。不过，这本书一点儿也不枯燥，它是活生生的。每个人都是自己生活的主角，他们面孔清晰，言谈生动。如果是在我们这里，这样的一本书，很容易流于俗套，变成《城市精英访谈录》——其中的每个受访者都正襟危坐地说了很多冠冕堂皇的话（包含了很多成语、序列号、数字泡沫，冗长而乏味）。

为城市作传，这几年颇有点蔚然成风，但是我以为，要能写出《光荣与梦想》那样的杰作恐怕不太容易。因为我们常常太注重宏大叙事了。或者说，这一类写作都太注意导向问题，以至于损失了文本的复杂性或多义性。一方面是价值取舍，一方面是技术局限，使得写作者常常忽略了那些历史中的小人物的故事，那些有血有肉有爱有恨的故事。我们看这本《伦敦人》就会发现，这座城市无法屏蔽掉那些边缘艺术家、犯罪嫌疑人、夜店门童、火葬场技工等，他们是这座城市丰富性的一部分，缺少了他们，不管是城市还是这本书都将黯然失色。

　　这不是一篇读书评论，而是我在二〇二二年元旦这一天的阅读生活记录之一。这一天的内容还包括，与家人一起去西湖边走了走，泡了一盖碗添了陈皮的红茶喝一整晚，收到《作家文摘》编选的三本散文书等。其中最值得记一笔的是，下午去孤山时，蜡梅花都还没有开，林和靖和他的梅林都还很寂寞。最后我找来找去，终于发现一朵在枝头抢先盛开的蜡梅，也因此我多看了那朵蜡梅花一眼。

　　红茶是璟秋从宜兴寄来的，滋味清醇，伴我翻读《伦敦人》时，泡了十水依然还有甜味。喝茶的文，是许久没有写了，时有朋友来问喝茶之书什么时候出版，或问喝茶文字还写吗，欲寄茶叶予我品饮。读书与喝茶，都是日常的事，自然都是要接着做的，人世艰辛，想来最喜欢的生活其实也不过是这几样。

　　按照惯例，元旦要试笔，捎带着还试了茶，也试了书，希望能为这一年起到好的示范效果——先甭管好赖，一天天往下读书、喝茶、写字就好了，莫跑偏。二〇二二年元旦记之。

日落时分

　　晚春时候，手边一缸绿茶，我在屋后胡柚林边闲坐读书，读的书是德富芦花的《春天七日》。文字浅浅淡淡，写武藏野乡间的日常生活，春天里的习见事物，野菜、风筝、油菜花、白蝴蝶，几乎和我生活的浙西乡野一模一样，读来分外觉得亲切。而我此时所处的地方，亦有阵阵馨香递送，正是胡柚开花的时节。读书间隙，抬头去看看枝头的花蕾，一簇簇白色花骨朵拥在枝叶间，尚未到怒放时节，少数的花朵心急初绽，已然吐露浓郁的芬芳。

　　胡柚是我十分喜欢的水果，也是家乡独有的特产。胡柚果秋日成熟，是为乡野一景，而春日柚花飘香，更是我所喜欢。早些年，我在城市中工作生活，偶尔才回乡，有一次，夜间从高速路口出来，打开车窗，闻到一阵馨香扑鼻而至，知道那是柚花的香，那一刻深觉故乡如此美好。

　　此时日渐西斜，柚林深处，鸟儿欢唱不歇。我回到故乡生活，已有三四年了，故乡的宁静让我欢喜。此时，鸟儿们似乎也在挽留这夕阳。鸟儿越是欢唱，晚霞颜色越是浓酽。过一会儿，有一位邻人老伯路过，在门前略作停留，我便唤他歇了锄头，来喝一会儿茶。老伯个子不高，亦瘦，务农一生，是真正农人。他的晨昏，几乎都是在田间地头度过，我见到他时，不是在稻田里忙碌，便是在柚林里干活。不知道为什么，土地上总有那么多的活儿等着他去做。但老伯说，作为一个农人，只要想做，田地里的事是忙不完的。不过，人只要在田地里，就觉得稳稳当当，心里舒服。

此刻，老伯与我相对闲坐，各捧一缸茶，一时无话。似乎我俩都沉浸在柚花香中。过一会儿，老伯歇下茶缸，指指柚树林，说这个时节，可以在每棵树中间开个小沟，这样雨季来时，这片地就不会积水了。柚树怕水淹，林间排水畅通，对树好，对果实也好。我以前从来没有关注过这样的事。老伯又说，如果要施肥，可在树根主干的四面，挖出放射状的几条浅浅小沟，把有机肥倒一些在上面。有机肥，譬如说山茶油的饼渣子、猪栏稻草之类，猪栏稻草现在没有了，可以用沤过的稻草代替，铺在上面。柚树开花，一段时间花谢后挂果，如果有肥力跟上，秋后的果实就会甜很多。

老伯闲话不多，说了一会儿，又默默地喝茶，喝完茶，他就告别了。他瘦小的个子，在夕阳里向着家走去，影子拉得长长的，这一幕令人感到温暖。

在我们乡下，老伯这样的农人很多。他们沉默寡言，却深深懂得土地的学问。我们这些读过一点书的年轻人，自以为已经懂得这个世界很大的一部分，其实，跟老伯这样的农人一比，我们所知的，只是其中极其微不足道的一丁点儿。是啊，这世界大部分的美，我们都无暇驻足，更无意观察与聆听，事实上，对于土地上的事，我们一无所知。

第二天，趁着天气晴好，我也拿了一把锄头，去柚林间干活了。按照老伯说的，我在柚树墩与墩之间的空地里，开出一条排水沟来。再过两天，我要慢慢在柚树主干四面，挖出几条浅沟来，小小地施一点儿肥料，以示对柚树开花的慰劳。

干着这些活的时候，我出了一身的汗。停锄小憩时，在我身边两三平方米之内，我聆听到各种各样的虫鸣鸟叫，聆听到风与树梢的吟唱，也能看到生命无尽的勃勃生机，还闻到胡柚花的香，在风中飘荡。

　　这是一个平常极了的黄昏。这也是一小片平常极了的柚林。此时此刻，大自然无尽的秘密，似乎正在向我敞开。太阳渐渐西斜，我心中寂然欣喜。三月二十五日记之。

吃茶落花多

依旧吃茶。这几天喜欢泡陈年普洱。天气变得冷而干燥，宜多吃茶。四日深夜，朋友发来消息，说是不再强制要求做核酸了，这值得在吃茶记里写上一笔。吃茶的日子久了，发现吃茶的确是一件需要静心才能做的事情。不静心，看似吃茶，实则已与吃茶无关。

认识到这一点，是一个曲折的过程。吃茶的时候，人也不闲着，比如光是用盖碗泡茶，就有一系列的动作要做，从煮水开始，到温杯，沏茶，洗茶，倒茶，分茶，吃茶；随手把茶的余汤倒在茶海里，或是浇在茶宠上，或是浇在石头上——我从老家的桃花溪里捡了一块石头，有三四个巴掌大小，老豆腐一般厚薄，两面大致还平坦，正好可以当一个小小的茶台来用。这样的石头，我另一次又看见一面，更大一些，千里迢迢地从桃花溪里搬回，运抵杭州，搬进工作室，置于老土布的茶巾上，也当作干泡茶台来用。这样的石头，大为素朴，接近老榆木的沧桑质地，不反射一丝的光亮。我现在，不大喜欢亮闪闪的物件。石头、木头、粗陶茶碗，都只是吸收和消解光亮，而不反射光亮。这样的石头，茶汤浇上去，像是溪水穿过河床上的石头，悄无声息，又似乎有风来，吃茶的时候，就觉得仿佛是坐在一条小溪的边上，耳边有溪水轻轻呢喃，而吃茶人就着一面石头吃茶。

吃茶的时候，尽管手上并不闲着，心却是闲的。一边吃茶，一边看看石头，或者把一枝山茶花移一移位置，动一动角度；或者是，看着那枝上的花瓣不小心落下来一片，落在石头上，这就恰到好处。吃茶的时候是要有落花的。落叶也很好。有人打扫茶庭，干干净净，不留一片落叶。千利休却说，茶庭不是这样打扫的。他走过去摇动树枝，让一些树叶飘落在地，这样才是打扫好的样子。

吃茶就是这样，细究起来有些徒劳的样子。日复一日吃茶，就像日复一日打扫庭院一样，每天都会有新的落叶飘下来，但是这样的过程里，自然生长出了不同的意义。

茶台的边上，有一只新的把玩件，一枚火珠。这是德寿宫复原建筑上的铜构件，葫芦形的宝珠，周围是火焰形图案的装饰。《德寿宫八百年》新书出版后，我与潘编辑、陈编辑一起到省古建院，把一本样书敬呈给黄院长，黄院长赠予我此枚火珠。此物沉手，令人有笃定之想。德寿宫是南宋皇宫遗址复原保护项目，原汁原味地复刻下南宋韵味，而此建筑上用着的火珠构件，的确是有不一般的纪念意义。我将之置于茶台之畔，沏茶吃茶之时，不时抚摩一下，亦是快事也。

老普洱宜出汤快，沸水下去，只要四五秒钟即可出汤。上次谁说，老茶客越来越喜欢吃淡的茶汤。这款老普洱出自云南凤庆县凤山镇，二〇〇八年生产。凤山镇我还没有去过。但是，凤山镇的茶吃得多了，就好像不知不觉，已与那一片地方水土建立了某一种奇妙的联系。就好像我把家乡的一块石头，搬到遥远的城市里来，在某一间写字楼的办公桌上泡茶，用茶汤养一块山野的石头，似乎也就与家乡的山野亲近了起来。

吃茶的时候，手边还有一堆书。最近买了好些书，却没有时间翻看，也有一些是朋友们寄赠的自己的大作，我也没有大块时间好好拜读。书便在茶台边上越堆越高。吃茶的时候，瞄一眼这些书，读一读书脊上的书名，心里想着不急不急，读书着什么急呢。还是先吃茶好了。二〇二二年十二月六日记之。

葛根是个好东西

盖碗、茶盏都送来了。上午阳光好，坐下来喝一碗茶。

烧退下去一点儿，人立马就精神了。就想着要变点儿花样来丰富生活。看本书？看部电影？喝个茶？连看着窗外的阳光都觉得特别明媚。

那天晚上觉得头晕，畏寒，硬撑着一路驱车回到杭州，路上把空调打到了二十四摄氏度。我预感是可能中招了。连日奔波，活动也多，没想到是在这个当口儿中招。也管不了那些，当机立断，直接住酒店。倘若真是感染病毒，家中有老有小，我一个人在外头住着也更安心。

住进酒店后，才觉昏昏沉沉，量了体温，已是三十八点七摄氏度。吃了一粒布洛芬，洗了个热水澡，洗的时候舒服得直哼哼。胃口也还可以，吃了两个橘子，十来颗桂圆和一个梨。吃那个梨时，真觉带劲，大概是刚从冰箱里拿出来的缘故，冰冰的，吃起来真叫一个爽快。

　　躺到床上，又量了一下体温，耳温枪显示三十九点二摄氏度。此时已近零点，身上还是有点酸酸的，痛倒不明显，也不咳嗽，喉咙也不刺痛。

　　睡到两点醒来，热醒，正在出汗。量温三十八点四摄氏度。此后体温下降，一觉睡到早上。

　　看到微信朋友圈里，有的已经全家都"阳"，媒体预测半个月左右即到第一波高峰。我还没有自测抗原，但基本判断应是"两道杠"。次日下午测了一回，果不其然，"阳"了。心中反而笃定下来。

　　对于发烧会有反复，已经做好心理准备。次日下午体温又升。晚六点家人送饭到酒店，我拿进来，便请她赶紧离开。似乎房间门一打开，便有无数病毒涌出。食欲仍不错。吃完，坚持看了一个书稿，读了几篇文章。测温三十九摄氏度，准备再挺一挺，先用物理降温的方式，等到十二点左右再吃退烧药。这样的话，一个晚上，一粒退烧药就可以了。

　　几天前同车从杭州赴开化的人，一车三人，两人已发烧，另一人尚无症状。又过了几天，也发烧了。听说那个会场上，不少人已经中招。"放开"之后，感染之势形同潮水，挡是挡不住的，唯有做好心理准备，迎接这一波"浪潮"。在这一点上，我心态轻松。

第三天，体温最高也是三十九摄氏度。连续几天，睡中大汗，应该是退烧药在发挥作用。第四天依然在酒店，吃粥，吃了些水果。常山胡柚不错。这几天每天吃一颗常山胡柚，带着白囊一起嚼食，解渴又润喉。感觉胡柚对于缓解喉咙不适有较好效果。

准备泡点茶喝喝。遂让家人送盖碗过来。泡了碗老普洱，也有些年头了。喝茶主要是为了补充水分。于是一杯接一杯喝茶。一边喝茶，一边看了个书稿，安排了一点儿工作，并给朋友的书写了一篇小序。上午状态不错，午后体温升高，就有点倦了，便卧床休息。

第五天，结束自我隔离状态，离开酒店回家。此时自觉症状已有缓解。另一个重要原因是，妻子和女儿抗原检测也已是"两道杠"，我再在酒店隔离意义不大。唯需要担心的是，家中还有二老和小儿，只好让他们迁至另一处居所暂住，而我们"三羊"居家休养，也好相互照顾。女儿正读高一，同学中的大部分都已经"阳"了，所有人居家，通过网络上课。

其实这个时候，家长也好，老师也好，都只能顾头不顾尾，先把健康抓好，然后才能谈学习。

疫中身体状况，本来还想再记录一些，后来发现各人的症状都有不同。兴许是跟感染不同毒株有关。微信朋友圈中的信息也颇芜杂，遂渐渐失去记录的兴趣。到了第六天，不再发烧，咳嗽仍有一些。到了第十天，基本没有什么症状。抗原检测也没有意义，因而也一直没有做过。

居家的几天，一直喝茶，喝的是老白茶。有时在茶壶中加入几片胡柚壳，煮水泡茶，这样的茶汤多了一些苦味，亦有些许酸味，喝起来只当是药了。喝茶的同时，也取葛根粉来冲泡，每天一到两杯，喉咙沙哑的情况完全消失。这葛根粉，是母亲从老家山中挖取后自榨所晒，百余斤葛根只能晒得几斤粉，殊为珍贵。看来，葛根真是个好东西。二〇二二年十二月二十七日记之。

美味是对人心的抚慰

　　下楼看银杏叶。银杏叶都快飘完了，令人惊觉时间飞逝——居然已是腊月初六。已有一段时间没有这样看一棵树了。冬天也似乎是一下子到来。仿佛一下子大家都"阳"了。发烧，咳嗽。有的好了，有的还在烧。有的不咳了，有的还在咳。我一位医院的同学，"阳"了没有在意，发展成肺炎住院了。这样的非常时期，能认真地看一棵树，也是一种奢侈。

　　有这么一些书，从床头柜上清理出来。《故园惊梦：园林里的中国》《海物惟错：东海岛民的舌间记忆》《明人范：生活的艺术》《山居杂忆：一个大家闺秀的百年家族记忆》《味生谈吃：江南食事别集》《南宋地方官的主张》《笔下流金：西方文字书写史》，另有一些小说，《白鹿原》《鹊桥仙》《和尚》《望江南》等。又翻出一本序跋集，一时兴起，把书架上序跋类文集归拢一下，有周某人的《知堂序跋》、孙犁的《耕堂序跋》，还有一册《书卷似故

人：序跋小品赏读》（系"闲雅小品丛书"之一）。想到我
这些年自为序跋，及为他人序跋，搜罗起来，似乎也有不
少。倘有闲心思时，或可拾掇一下。

　　出门，买菜。菜摊上已有春笋，笋壳带泥，鲜嫩可爱。
正好，前几日，有一位朋友赠我两刀咸肉，沉甸甸有过年之感，
顿觉人生安慰。买两棵春笋，切滚刀块，与咸肉一道在陶罐
中炖，炖一锅腌笃鲜。所谓腌笃鲜，"腌"，是指腌过的咸
肉；"鲜"，指新鲜肉；"笃"，就是架在灶上，大火烧开，
转用小火"笃笃笃"慢慢炖的意思。这个菜还没有做出来，
在菜场里面，我站在春笋面前已然垂涎欲滴。这令我想到，
美味实是对疫情当下大众莫大的身心抚慰。只要吃得下，多
吃一大碗饭，比什么都好。

　　感染了病毒，虽然从战略上要藐视它，从战术上还是得
重视。主持人舒中胜"阳"了以后，每天都拍个短视频，今
天他在视频里说，已经是"阳"的第十天，抗原检测已转阴，
但并不代表完全康复。他到医院做了个CT，发现双肺还是
有炎症。这个病还是很消耗，有条件就尽量多休养几天。工
作室的小伙伴们，基本也都"阳"了个遍，这两周大家都居

家工作，出差的事都往后延了。

　　宅家其实也有做不完的事情，比如读书、看电影、写东西。我有时觉得，有吃有喝，有空调有电脑，让我在书房蜗居半个月，一点儿问题都没有。前两天，我断断续续看了一部纪录片——《好好拍电影》，拍的是香港导演许鞍华的故事。一个痴爱电影的人。看完也很感动——在纷纷扰扰的人间，能找到一件事热爱终生，实是幸运与奢侈。

　　喝茶，继续喝老寿眉。老寿眉的叶子拿出来窸窸窣窣的，样子也不甚好看，泡了两道水以后，喝起来有一种古朴而悠扬的香气。有茶人说，七年以上的老寿眉如药，清凉解毒，其效等同于犀牛角。姑妄听之，姑妄饮之。二〇二二年十二月二十八日记之。

小小的自由

　　昨夜散书，今日收书。止庵《雨脚集》、王稼句《怀土小集》、范用《买书琐记》，共三册。书来书去，日子也无非是书来书去。日子过得快，一下子就要新年了。这两天，网上在流传媒体的"新年献词"，我现在是一点儿兴趣都没有，不想读，也不想什么词。以前在媒体工作，每到新年，心里总是莫名澎湃着一股激情，仿佛全世界都等着你的一个总结似的。又总憋着一口气，想要弄一个"新年特刊"之类的，卷首挂上一篇气势磅礴、继往开来的献词。那时候还是会为一些大词所激动，比如"阳光打在你脸上""理想激荡在我心""总有一种力量让你泪流满面"，诸如此类。现在，我再看到这些词，还是觉得太空了，太大了。阳光太大了，理想太大了，力量太大了，泪流满面更加矫情得不得了。这些词怎么还会有人在用呢？好多年了，有些人居然就是走不出来，动不动就泪流满面。如果再看到有人写这么一句，还自以为很潮流，其实我是会很反感的。

现在，我不想写那种文字了，连看也不想看。昨天有个视频之所以动人，是因为一个一个具体的人，一句一句具体的话。真正有力量的，不是数字，不是统计学，不是概率；而是一个人，一条生命，一个瞬间，一顿饭，一粒退烧药，一台呼吸机。

总归还有些事是值得做的，比如散书、收书，比如喝茶、收快递、买菜。以前的书朴素，也可爱，真不知道这样的书是怎么能出来的。比如今天收到的三本，书是做得好的，畅销也是绝无可能的。范用编的这本《买书琐记》，收罗了八十多篇各种人买书的事，拉拉杂杂，琐琐碎碎，首印是五千册，那时候是十年前，二〇一二年。放到现在，真不知道有没有出版社愿意出。另两本，也是硬精装，属于"开卷书坊"系列，直出了第五辑，共五六十种。翻了下版权页，三本都是首版首印，看来也是没有加印过。这样的书，我也喜欢，但是放到现在，二〇二二年十二月三十日，真不知道还有没有出版社愿意出。卖给谁呢？经过这三年的洗礼，估摸着有点闲情和闲钱的爱书人都不怎么买书了，至少也压缩了这方面的爱好与支出；更多的年轻人恐怕也不买书了，又不能当饭吃，是吧？

也不用去查年度出版报告数据了——这几年纸质书的销量都在下滑。下滑了多少，其实也不重要。买书和读书，只是一种生活习惯而已。生活习惯的改变是很容易发生的，它对阅读造成的影响是，人们哪里还能安心地读几页书呢？而这种安宁的精神状态的打破，兵荒马乱的内心，要多久才能恢复呢？

这是很可怜的，当一个人，终于失去了他的宁静。

因此，不必再去关心什么世界局势，不必关心人类；从明天起，只要关心粮食和蔬菜，劈柴，喂马；和每一个亲人通信，告诉他们你还健康，或者已经不咳嗽了，退烧药还有几粒，也用不上，过期就过期了吧。街角那家咖啡店，居然还开着，这就很好。

明天，就是一年的最后一天，然后一年就过去了。没有献词，要什么献词呢？只有现实，这触手可及的现实，一壶茶，几本书，有吃有喝，就很好。在这个小小的世界里，想喝什么茶就喝什么茶，想看什么书就看什么书，多么自由。小小的自由，也是自由。二〇二二年十二月三十日记之。

破溪烟

见过了半生的风景，走到哪里都可以坐下来，汲泉煎茶，慢慢地喝它一碗。

在唐诗的路上讨一碗茶喝

从大佛寺出来，穿过马路，到白云人家喝茶。

大佛寺夜色正浓，散步的人不少，让人由衷感叹在这座小城生活真好。夜色之中四面丛林愈显静谧，禅意渐深，言语声音也不由自主放低了。在这样的境界里走半天，忽然想起僧人推敲月下门的典故，就觉得应该去寺里，找僧人讨一碗茶喝。想归想，终不敢冒昧，遂从寺里出来，径自去了白云人家。白云人家是一间茶馆，也是安静得很，几个人走着楼梯悄悄上了楼，仿佛又进了一间书画院，四面有书，亦有石有画有景——端的是个喝茶的好地方。

到新昌来，是为了走一走唐诗之路。唐诗之路有很多，浙江就有好几条。世上本没有路，唐代诗人走得多了，于是有了唐诗的路。浙东这一条，其实是一条水路，从钱塘江的西陵渡口开始，进入浙东运河，从镜湖向南到曹娥江，再一路沿着越中的剡溪上溯，经新昌，至天台，一直到佛教天台宗的发源地天台山。

　　我们今天的人，已然没有了那样的闲情逸致，可以悠然地坐船一路溯流而上，否则当可以更加贴近唐代诗人的时空观念。小船加毛驴的方式，才可以诞生好诗。当然，这是我的偏见。我的偏见还包括：其一，有趣的人远比绝佳的山水更有吸引力；其二，唐诗的路上应该有一碗茶相伴。

　　这样一条蜿蜒的水路上，共有四百五十一位唐代诗人留下他们的身影，也留下了一千五百多首唐诗。可以想象，这是一条怎样的道路，遍地都是唐诗的碎片，如古瓷残片一样埋在古驿道上，在鹅卵石间，在上船下船的码头，在微光闪烁、水汽氤氲之处。

　　吸引诗人们不舍昼夜前往浙东的，除了山水，还有名士风流。从东晋开始的王羲之、王凝之、谢玄、谢灵运他们，还有名僧支遁、白道猷他们，出入山林之间，带着酒壶或云朵，背着琴，背着行囊，且啸且行，纵情山水。剡溪上走过的诗人啊，与那些在京洛之间奔走仕途追名逐利的时光背道而驰，这里有一条面朝山川、心向自由的道路。

　　踏上这条道路，你的心就放飞了，就自由了。前面有友情，有诗酒，还有有趣的人物。李白、杜甫、白居易、孟浩然，诗人们三五成群地来了，一个一个相互吸引，乘船、步行或者骑驴，把自己的屐痕纷纷地印在这片大地上。

新昌也出好茶的。新昌出一款茶叫大佛龙井，我没有喝到——我们在白云人家茶楼喝的第一泡茶是老白茶。老白茶的茶汤滋味甘醇。泡茶的姑娘说，这二楼又叫凝香阁，也是白云会客厅。白云会客，好名字，云聚云散，原都是自然的事情。还听说，这里常有文友来坐一坐，喝一杯茶。有的挥毫泼墨，写几笔画几笔，有的什么也不留，就走了，也都很好。白云会客，来了走了。这样的雅集想必会有意思。

茶楼主人徐老师后来过来坐下，跟大家一起吃茶聊天。徐老师大名徐跃龙，在新昌这个唐诗之路上，也是一位文士。当年在一穷二白的艰苦条件下创办《新昌报》，现在也被称作"地方文化的守望者"。即便在中国，徐老师也是赏石界响当当的人物。我参观了他的好几块石头——在喝茶去上洗手间的间隙。我四面看了看，就看到灵璧石、乌江石、金沙江石、戈壁石、太湖石，每一块石头都很独特。我遂与石面面相觑。我看此石多妩媚，料此石看徐老师应如是。这位徐老师，的确是石痴——我这么一想，就发现这个喝茶的地方也的确是非常有意思了。

然后就看到一副对子，张挂在那里：

放眼观古今，倘容判事于斯，吾愿学东坡先生，留一段冷泉佳话；

寄怀在山水，偶尔披襟过此，可权借西湖名胜，作片时风月清谈。

这是清人张联桂撰的《惠州西湖水心亭联》，而放在这里，亦十分贴切。我立在那里看了许久，非常喜欢何中梁先生的字。那时，茶馆里正好在展出他的书艺作品。

徐老师跟我们一起喝着茶，聊了好一会儿，聊过去的、现在的故事，聊石头，也聊天姥山。天姥山，很多人是在李白的那首诗《梦游天姥吟留别》里听过。记载天姥山最早的文献，是西晋张勃的《吴录·地理志》，志载："剡县有天姥山，传云：登者闻天姥歌谣之响。"而天姥山最可自豪的，使它位列天下名山之中的，是因为一句话："一座天姥

喫苦茶 29cm×29cm 2021 年（与王家葵合作）

老友闲话 34cm×23cm 2019 年

常伴读书人　59cm×59cm　2018 年（与罗邦泰、郑雷、俞律合作）

山，半部全唐诗。"

这也可以证明，唐代的诗人们，看见天姥山有多么激动难抑；也足以证明，天姥山脚下，有一条漫长的蜿蜒的唐诗的小路，说不定，也可以叫作"唐诗小道"。

徐老师编撰过一部《天姥山志》，洋洋六十万言；又编著过一部《新昌茶经》，四十万言。单此两样，放在唐朝，著作绝对可以等身。看山，看石，饮茶，著书，这日子令人羡慕，徐老师像是古时候来的人。

我去了两个村庄，遇见了茶山与茶园。茶园就藏在村民们的房屋后面，顺着山坡一垄一垄延伸开去。茶厂，也藏在村庄之中。譬如我走到东茗乡的后岱山村，迎面看见一幢大礼堂式的老建筑，门楣上有几个字：后岱山茶厂。

推门而进，未闻茶香。

这里已不生产茶叶，只留存茶叶的记忆。二十世纪五十年代，后岱山建起了茶厂，生产珠茶。后岱山这个地方，有悠久的制茶史，村里的王书记说，这个制茶史有一千五百年。为什么呢？说起来，六朝的高僧支遁、唐代的诗人李白、茶圣陆羽、茶僧皎然，这些人都来村里喝过茶。写诗的人，我也相信他们都是喜欢喝茶的。虽然唐代的人喝茶，跟今天不一样，今天的人是泡茶来喝，唐代的人是煎茶来喝。要是想一想，支遁、李白、陆羽他们前前后后地来到后岱山，这个山上的小村庄，在这样的秋意里坐下来，汲一瓢水，煎一壶茶，银杏叶一片一片缓慢地飘落下来，应该是很有画面感的场景。

茶叶的事情，在诗人那里是诗意，到了村民手上，就是生计。数十年前，村民们若是卖茶，要走两个多小时的山路，肩挑茶叶去山下的澄潭，卖掉之后再走两个小时上山。茶叶价钱卖不好的时候，更是难掩背面的艰辛。

现在后岱山人两千多亩茶园，出来的茶叶就是大佛龙井，村里人七成的收入来自这一片树叶。从春天的茶树，到翻炒的大锅，再到远方客人的杯中，茶叶连接起了许多人的故事。后岱山村的民宿主人，帮助村民通过网络销售茶叶；不仅茶叶，蜂蜜、山茶籽油等土特产品也通过他们的资源与网络，得以远销各地。

天姥山是沉默的，幽深的，也是慷慨的，丰富的，你与山朝夕相处，便能懂得山的好处。在后岱山老茶厂的展示柜上，我看见半个世纪或几十年前，人们使用过的茶桶、茶瓶、茶甑，上面遗留着时光温润的痕迹。那带着岁月包浆的器物，带着每一位使用者认真生活的信念。

村民坐在檐下，一人一个茶缸。

二人中间的茶席，是一张小小的方凳。

一条狗慵懒地卧在不远处晒太阳，陌生的人走近了也不吭一声。

在东茗乡下岩贝村、后岱山村走一走，时常可以见到村民这样喝茶的场景，使人觉得茶并未从村人的生活里远去，而是日常里不可或缺之物。这两个村庄，如今整洁美丽，变化很大，堪称新农村建设的先进典型。听说，也是基层治理矛盾调解工作的先进典型。

这也是自然的，人与人，人与物，人与自然的关系都和谐了，发展才会更好。

关系和谐了，外部的关注、支持也会跟着到来。有一句话说的是："当你真的想做一件事时，全世界都会来帮助你。"农业银行的金融扶持，也来到东茗乡，把经济的活力注入村庄的发展之中，带入村民生活的发展之中。农行为乡村提供的金融服务，有"民宿贷""草莓贷""茶叶贷"，听起来新鲜，帮助却是实实在在的。

有什么事情，坐下来喝一碗茶。

喝着茶，就把事情办了。

坐在村庄里，在穿岩十九峰前喝一杯茶。那巍峨连绵近百公里的十九峰，就是我们茶桌的屏风啊，也是我们茶桌上的小盆景。茶烟袅袅中，半部唐诗纷纷在杯中起伏。

说是"班竹"，我们都觉得还是"斑竹"好。

班竹是一个村，村中有斑竹，也有一条古驿道。这也是一条唐诗的路。此古驿道由会稽来，从嵊州黄泥桥入新昌境，出新昌城旧东门，再到天台县界。想一想，一千多年前，几百名诗人风尘仆仆，从这里走过。

班竹小村，位于天姥山主峰班竹山的西麓。最兴旺的时候，沿街建有公馆、驿铺、茶馆等。现今依然古风悠然。几公里长的鹅卵石古道，人缓慢走过，我没有在别的地方，见过那样古朴而悠长、完整的。

穿布鞋走过，尤其相衬。

古道上，现无一位古人行走，耳边却依稀仍有驴马蹄音。

进章大祠堂。那里有一座空戏台。一整个天井里，装满空旷的鸟鸣。

鸟鸣一声又一声，天井愈加显得空旷了。

我想，从前这里一定是经常演戏的，诗人们坐在台下，李白、杜甫、白居易他们，不一定是同一个傍晚坐在这里，却一定都是淋过了这古驿道上的雨，沐过了这班竹的风。

千年的驿站里，怎么能没有一碗解渴的茶。

出得章大祠堂，正想寻觅一座茶亭，却看到有妇人在路边卖木莲冻。

就是薜荔果做的木莲冻，那透明的果冻状凝胶，使人一望而心生清凉。来一碗吧，妇人说，走累了的人，你歇歇脚，吃一碗木莲冻，又有了上路的力气。

就坐下来吃一碗木莲冻。

你知不知道李白？

妇人说，我不知道哪个是李白。我也不知道他有没有在我这里吃过木莲冻。

我相信，李白如果走过这里，一定是吃过一碗木莲冻的。

我给她扫支付宝二维码，把木莲冻的钱转给她。账号显示她的名字，我问，你是雪珍吧？

她说对，我叫雪珍。

白云茶馆的姑娘说，你们一定要去班竹啊。班竹很美的。

这个姑娘，我忘了问她的名字，她给我们泡茶，手势优美。既然泡的是白茶，我暂且就称她白姑娘了。白姑娘又说，你们肯定听说过一句诗，"越女天下白"。

白真是一个好颜色。白茶，白云人家茶馆，都是白。白云悠悠，一盏茶。

白姑娘说，很多很多诗人，都到过班竹。听说徐霞客也去过班竹的。到了班竹，徐霞客发现班竹的美人真多啊，他到了班竹的几天里，再没有写日记。

大家都笑起来。徐霞客一定是太累了，或者觉得班竹太好了。

也有可能，徐霞客在班竹喝酒喝醉了，喝茶也醉了。二〇二〇年十一月十二日记之。

在松阳喝茶

阵雨突如其来，拉住了我们在杨家堂古村落探寻的脚步。雨点噼里啪啦地打下来，打在历经沧桑的黛黑色鱼鳞瓦上，打在被岁月打磨光滑的鹅卵石步道上，打在即将盛花的古老樟树上，飞珠溅玉，顿时给杨家堂的这个春日，增添了一层烟雨迷蒙之美。

我们顺势钻进一座凉亭避雨。眼前的杨家堂古村，黄色夯土墙层层叠叠，构成错落起伏的村庄，村庄两翼，山峦环抱。远处青山，近处飞雨，好一幅春日喜雨图。

看到我们于此避雨，一位老人家过来跟我们攀谈，随即又从室内取出热水壶与茶杯。"这是我们自家的土茶，喝喝看。"

杨家堂这样一个小山村，被外界誉为"金色布达拉宫"而声名远扬。在村中行走，那些顺着山势起伏的建筑让人赞叹不已。黄土泥墙旁，又时不时冒出几丛茶树，几棵芥菜，充满日常的生机。房屋不远，在几棵参天栲树下，铺陈着连片的茶园。

松阳的茶，其实大有来头。据说唐代的道教天师叶法善，在松阳卯山观里修炼，也在山中栽种茶树，制得一种卯山仙茶。这茶"竹叶形，深绿色，茶水色清，味醇"。在唐高宗的盛邀下，叶法善提着一篓卯山仙茶，跨进了帝国的朝堂，据说，这是蛮荒的浙西南小县松阳第一次以茶乡的身份，进入唐人的视野。

明代，松阳的茶还上贡朝廷。松阳的茶，有代表性的是两个品牌，一个是"松阳银猴"，一个是"松阳香茶"。松阳银猴是本地自育的良种，叶子银绿，卷曲多毫，通俗一点儿说来，就是茶叶抱成一团，有很多毛茸茸的银毫，就像深山里的小猴一样可爱。这茶的名字，令人遐想。

说话间，老人家泡上几杯绿茶，茶雾腾腾之中，茶香渐渐飘荡起来。我们坐在这凉亭之下，天地之间，甜滋滋的空气混杂着春日草木雨水的气息将人裹挟。雨点打在瓦背，打在香樟树叶上，嘈嘈切切错杂弹，大珠小珠落玉盘。恍惚间，我们是那三百年前的孤独行路人，翻山过岭，驿路迢迢，赶考或经商，在松阳遇雨停留，此刻乡人施的一碗热茶呀，颇是慰藉心怀。

问了问，老人家姓宋，七十多了，曾当过十几年的村干部。杨家堂村九十九户三百多人口，以宋姓为主。山上人家，以前没有什么经济来源，茶叶算是重要的收入。早春四月，村人们多在山上采茶，采得鲜叶几许，以低廉的价格卖给入山收茶的茶叶商人。山野的土茶，原是好东西，得高山云雾雨露烟岚的滋养，更没有什么污染，商人们收去炒制，转手高价卖出。有时候，村人们也留一些茶自己喝，便是这种土茶了。

松阴溪从西向东流淌，带来充沛的水源，滋润着松古盆地。松阳有着丰富的传统村落资源，在前五批中国传统村落名录中，松阳共有七十五个古村落入选。可以说，浙江省近半的最美古村落都在松阳境内。松阳也因此被《中国国家地理》誉为"最后的江南秘境"。在这样的秘境里，这几年开起了很多时尚的民宿，开起了书店和咖啡馆，也开起了植物染等有意思的文创小店，许许多多的年轻人，不辞遥远地来到这些村庄，住下来，亲近好山好水好空气，也亲近着中国乡村里，自然和传统村落的美好生活。

譬如我们，在古村落里游走，因为一场雨，而喝到一杯原生态的好茶，应也是与古村的一种亲近吧。

两天里，我们看了几座古村落，四都乡的陈家铺村、平田村，三都乡的杨家堂村、上田村。陈家铺村是典型的崖居式村庄，有六百年的历史。画油画的曾益，陪我们在古村落做田野调查，他带我们走一条僻静的不为人知的小道——他说那里才是观看陈家铺村的最佳角度，他在那里写生过——有谁会不相信一位画家的眼光呢？陈家铺还有一家先锋书店的平民书局，亦让人流连不已。楼顶上的小平台可以看见村庄全景，带一本书坐在阳台上，心可悠游万里。

平田村的路，高高低低，弯弯绕绕，我们去的时候正值暮色四合。细雨纷纷之中，整个村庄云雾缭绕，傍晚的幽蓝色调，让村庄更显静谧和神秘。这个有九百年历史的古老村庄，一年中的大部分时间处于云雾缭绕之中，因此也得名"云上平田"。我们躲进一家咖啡店喝咖啡，直到夜色沉沉。

去上田村，则是第二天中午了。跟许多村庄一样，年轻人都离开了村庄，很多无人住的老屋就荒废甚至倒塌了。两三年前，村集体租下村民的一栋房子做改造，这个村庄开始了美好的蜕变。老房子里，开起了精致的民宿，慕名而来的游客也多起来。上田村的四面山坡，油菜花正在盛开，鸟声啾鸣。逛完古村出来，在村口大樟树下，遇到一位老婆婆正给人泡茶。我们便也坐下歇脚。老婆婆泡的茶，很奇怪，不是用的茶叶，而是一团团的枯草。遂好奇询问是什么茶。答是草药茶。

"这茶救过我的命啊。"老婆婆又说。

我正想着该不该再问一句，老婆婆自己说："看不出来吧，我生过大病的。"我大感惊讶，她接着说："癌症。后来，就是喝这个茶喝好的。"

老婆婆满头银丝，面色红润。我把茶壶拿过来，取出草药来研究，然而看来看去，依然是几团枯草。

老婆婆笑了，说就是草，是后山上采的。从前在这大山深处，出去一趟，颇为不易，有个头疼脑热，不能去医院看病，山里人有山里人的智慧，就到丛林里崖壁上扯几丛草啊几株藤啊，挖几块树根，放在一起煮水喝了，神奇的是，头疼脑热也就退去了。

这一壶里有三种草药，至于是什么名字，老婆婆也说不出来。她只知道是山里人代代相传的秘方。前两年，上田村里做整体改造，知道老人家有这一手绝活，乡干部专门给她腾出一小间屋子，挂上一块巴掌大的木牌，上书"草木房"。现在，没事时她就在这棵老樟树下泡茶给大家喝。

我们喝了茶，要付钱，老婆婆连连摆手。"在这里喝茶，不要钱！"她说，如果想喝了，下次再来！

那间泥墙房里，飘荡着悠悠的草木香。

在松阳的餐馆里吃饭，店家往往端上来一壶热茶，里面泡着树叶、树根之类的东西。一问，店家就说这是松阳特产，"端午茶"。

还有专门在端午时节喝的茶吗？

倒也不是非在端午喝，一年四季都是可以喝的。陪我们在古村落采访的曾益说，松阳人对端午茶有特殊感情，比什么名贵茶都好，都珍惜。譬如有一次，一位外地来的朋友在松阳登山，烈日炎炎，山高路远，一路虽有竹木荫庇，这位朋友却因水土不服而中了暑。整个人头晕目眩，坐都坐不稳了。其他人料想他是中暑，便找来一只不锈钢茶杯，抓了一大把端午茶，加水在煤气灶上煮开，沥出茶汤后，在凉水中降了降温，让他一口气饮下。不一会儿，他就生龙活虎了。

类似这样的例子很多，端午茶，自是松阳人每日必备的茶饮。

端午茶都有什么配方，这却不容易弄明白。在松阳，一百家人就有一百种端午茶的配方。你在任何一处喝的端午茶，口味都与别家略有差异，所以这茶又叫"百草茶""百家茶"。松阳流行端午茶，归根结底，还是与松阳这片土地有关系。这里山多，到处都是药草。在端午茶中常用的有金锁匙、石菖蒲、鱼腥草、金珠莲、食凉撑、天仙果、山苍柴、大发散、马蓼晓、地风蓬、山木通、坚七柴、六月雪、土藿香、野菊花、黄生芩、倒妞刺、插田妞、金银花藤、牛舌草、墙络、艾叶、麦冬、铁火叉、陈骨皮、黄栀根、水桐子等，有上百种。

古时候，松阳各处的驿站、凉亭、寺观，都有茶桶或陶缸，盛满端午茶，供行人自取饮用，消暑解渴。寻常人家，也取用其中几种或十几种药草，按照药草的热性、凉性、中性，结合自家人的体质进行配伍，可谓是，常备端午茶，一年喝到头。

松阳人文底蕴深厚，中医药传统文化有深厚的民众基础，中医世家也很多。据统计，县域内至今仍有一百多家中草药铺，也流传着众多有价值的中医药方。随便走进一家，就能告诉你独到的端午茶配方，煮出一壶独一无二的茶来。

千百年风物流传，至今，这松阳端午茶已然是省级非物质文化遗产项目了。

怪不得，我们在古村落里行走，不时就会遇到施茶的人；我们在县城老街，一抬头也能遇见草药铺——某天就在老街上看见一家"宗琮草药铺"，牌匾上有字"始于1950年"，店门前一副对联：独活他乡已九秋，刚肠续断更淹留。查了查，这对子出自宋人洪皓的《药名一绝》，嵌着"独活""续断"等草药的名字。

松阳的古村落，藏在山野之间，是一种气象端然的乡村美学。松阳的茶，则隐现在烟火日常里，那是宁静恬然的生活美学。四月三日记之。

深山云起

1

转了四百六十七个弯,抵达一个地方,百分之九十八点二的当地人都没有到过的地方。

朋友说,真的有那么多弯?

两小时车程的山路,全是盘山而上,那得有多少个弯。山上从前有一座古老的大寺,后来毁了,只留下遗迹,因此叫作"大寺基"。大寺基是在云海之中。后来遗迹上又建了一座新寺,叫"万福寺",也是远近闻名。那里的大寺基林场,建于一九五八年,在括苍山余脉上,也位于黄岩、永嘉、仙居三县交界处。林场区域内,平均海拔九百多米,最高的山峰"大寺尖",海拔一千二百五十二米。那个主峰,正是永宁江和楠溪江的发源地。

要是能在山峰上找到这两江源头,也是很有意义的事吧。

五月末,微雨天气,车入山中,云雾就绵密起来,竟至于山道上能见度只有数米。我们一路驱车盘旋上山。峰回路转，浓墨重翠，山谷间瀑布直挂，水声哗然。待云雾稍散，视野开阔处，但见白色云龙栖停在绿色山腰上，连绵数里，煞是好看。

路上，见有山农在路边种树，穿着雨衣，后腰上别着柴刀。柴刀是用木制的刀套悬挂，这种工具，长时未见了。所植之树，乃是北美冬青。

近午时分，方到得大寺基林场。此时雨大起来。林场的周书记和章副场长来迎。此地遥远，上山下山不容易，周书记时常一入山中就住上一个月或半个月。这里也是森林公园，黄土地和红土地，上面生长着郁郁葱葱的树木。以前多是松木，属于经济林。这些年也仍然在持续造林，多植阔叶林和彩色树种，枫香、檫木、樱花、银杏、红枫、金钱松等，一年四季，很好看。这是一种造林思路的变化。大寺基这几年，常有驴友于寒冬来此看雪。黄岩这个地方下雪的时候不多，而要看雪，唯有去大寺基。大寺基不仅下第一场雪，且常有雾凇。最冷之时，达零下十六七度，人称"黄岩小东北"。雾凇是在寒冷之时，雾碰到冰冻的树枝，于是凝成白色的冰晶。雾又碰到冰晶，冰晶于是延长。就这样，冰晶越积越多，从枝头延伸垂挂下来，仿佛是树的白色花边。当整座森林的每一棵树、每一个枝头，都拥有自己的重重披挂之时，森林就变成了一座童话的森林，雪白晶莹，如梦似幻。

这样的场景，周书记每年都要见上好几回。他在这里生活了一辈子。他是"林二代"。他的父亲在六十多年前带着柴刀上山，没有路，是凭一把刀开出路来。和他一起来的是一百多个知青。他们在山上垦荒，一点一点垦出来种上松树。林场职工，几个月甚至大半年不下一回山，虽是国家干部，却也是地地道道的山农。

山上的生活并非如雾凇那样看起来诗意，而是艰辛无比。山上无房住，是用木头搭建的茅草屋。上山植树，无人看管小孩，就把小孩也背上，大人干活时，娃就放在挖好的树坑里，任他玩耍和睡觉。周书记也是这么长大的。上小学时，林场在几个护林点中间的位置，建了一个教学点，由一个林场职工担任老师，三四个年级的大大小小的娃坐在一间教室里，凑成一个班。现在，周书记年纪大了，明年也要退休了。

　　章副场长年轻一些，他是从区农业农村局下派来的。我
们坐在小会议室里喝茶聊天。茶就是大寺基林场自产的一种
绿茶，"龙乾春"。这是黄岩当地的名茶，也唯有大寺基出
产。二十世纪六十年代，大寺基开始种茶。父辈们在山上，
生活是那样的单调乏味，于是就种茶、炒茶，将最好的茶卖
了用于发放工资。最次的茶留下，一年到头喝浓酽的茶。周
书记念小学时，放了暑假，也常去茶山采摘夏茶。采茶的工
费是两三分钱一斤。这也是一份收入。茶制好了，是由供销
社统购。一九八八年，大寺基研制出"龙乾春"品牌茶。

　　山高路遥，云蒸雾蔚，虎豹出没之地，自然能出好茶。
"龙乾春"茶到底还是好的。那样的深山老林，几近于野
茶，能不好吗。不知道从什么时候开始，人们喝绿茶开始讲
究时间，要喝明前茶。这里的海拔高，气温低，犹如世外，
万物苏醒都晚，茶树萌发都要迟上人间一个月。春茶抢的是
时间，更是钱，明前茶一天一个价，你比人家晚一个月采
摘，那还怎么跟人家比呢。"龙乾春"毫无悬念被比下去
了。到了山外，茶叶上又没有大寺基的印记。这两年，"龙
乾春"也开始尝试制岩茶，准备探索一条新的路子。

喝茶的时候，我老想着周书记和章副场长讲到的，说在某个遥远的护林点上，还有护林员守护着森林。他们常常是背着半个月的粮食、蔬菜上山，这种生活一住数十年。因为长年居于山中，与人交流少了，语言似乎也变得不那么流利。这一点让我深为震动，想去看看那个护林点，但实在是太遥远，从场部出发，还要步行一两个小时。我看窗外深山密林，云雾笼罩，层峦叠嶂，隐于山中的人，怕是早已与树与花与鸟兽一起成为山的本身。

2

大雨之中的半山古村，宁静得出人意料，溪涧奔腾，雨水淅沥，道上卵石铺地，石桥寂寂，古树横斜，屋舍俨然，村庄的事物都沐浴在大雨之下，一切也都泛着古老的湿漉漉的诗意之光。就这样地来回走了一遭，甚觉美好，又不忍于仓促中惊扰古村的美，便决定离开。有的事物，因为太美好，而觉得自己准备不足。半山之美，应该留待下回再来。

雨水是精灵，是赋予一切干枯的事物以滋润的甘露，是令一切平淡浅薄的事物变得丰富深邃的法宝，是古老的魔术，它让喧嚣归于宁静，让奔忙停下脚步，让萎靡的日子起死回生。

半山出来，冒雨去了黄毛山。

初夏的黄毛山，已然被雨雾遮蔽，如同一个非现实主义的梦境。半山腰上，方圆数里都是茶园。下得车来，呼吸吐纳尽是山野的清甜空气，而周遭朦朦胧胧，伸手相触，不知是雨雾还是梦境。黄毛山底下有一座长潭水库。这座长潭水库，被誉为台州人的"大水缸"，其集雨面积四百四十多平方千米，有八条溪流源源不断流淌入库，水库周边有高山森林、湖滨湿地、自然草甸子，森林与湖泊湿地一起构成野生动物栖息的家园，各种飞鸟走兽、珍稀动物也渐渐出现。我们置身于茶山上，却只见到一座云海，见不到水库，眼前的这座云海，也许是从水库中生长出来。水库不只是蓄养水，水库更蓄养云朵，总在合适时机将云朵放牧到天空。有的时候云朵迫不及待，奔涌而出，就奔涌出一座云海了。

云海之上的这片茶园，叫作天空之城。倘在双休日，这里游人是很多的。这天倒没有几个人，也是因为下雨的缘故。而如此一来，更像是天空之城了。茶园里有一些帐篷设施，隐于云海之中，像是宫崎骏电影中场景。

　　给我们泡茶的姑娘善谈天，一问是九零后，海边人。海边人却躲到这山里来了。她说自己喜欢山。这个茶园，天气好时空气清朗，能见到环抱茶园的库区，湖面水平如镜，天空与山野皆宁静，许多时候碧空如洗，群峰连绵，大地安宁，三两人打坐饮茶，内心澄澈一片，有什么比这样更好的？

　　茶姑娘又说，这山里远离城市，下山一趟，来回要三个小时。有的年轻人待不住，新员工来了第一天就走，天还没有亮，就坚决地离开——竟是自己沿着山路，倔强地走出去，也不知道什么时候才能搭上顺路的车。

　　算是逃离吗？不知道呢。

　　有人逃离城市来山里，也有人逃离山里进城。

　　她却喜欢这山里，喜欢这茶园。有时晚上送走客人，下了班，能看见满天的星星，明亮极了。在这样的高山上，星空可以美成什么样子，城里人靠想象是想象不出来的，只有置身在这里，才能见到。

　　清晨，则是在鸟叫声中醒来。每天起得早，五点多就起床，她先在茶园里走一圈。绣球花这几天开得好，紫的蓝的，这儿一团，那儿一团；锦带花也很漂亮，这花盛开的时候，就像是仙女身上披挂的华衣，繁花渐欲迷人眼；金叶女贞的花细细密密，虽小，却香味浓郁，吸引极多的蜂蝶环绕飞舞；山上还有兰花。兰花开时，能闻到香，却不容易找到。

就喝一杯这山里的茶，山野天露，正是这茶园里的云雾茶。制茶的师傅是请的杭州老师傅，用的是龙井工艺。她泡茶取的是中投法，先在杯中注入滚水半杯，再投茶叶，待茶叶醒一醒，再注入半杯水。低头闻香，豆香很明显。偶尔也会有兰花香。兴许是山中兰香入得杯中来，也未可知。

在这里喝茶，外面的雨渐渐收了，云蒸雾蔚，风吹来居然还有一些凉意。只好起身将玻璃门关上。城市中的潮热，在这里一点儿也不会有。如果是酷夏之时，来这山上喝茶，那更是清凉无比。天气好的时候，看日出、日落，都有人间少有的风景。

茶姑娘叫王芳，我们是在互加微信的时候，才知道她叫"螃蟹妹"的。这个名字缘于她是海边人。她的父亲卖海鲜，她以前也经常帮父亲在微信朋友圈里吆喝一把，时间久了大家就叫她"螃蟹妹"了。于是我们也叫她螃蟹妹。现在螃蟹妹上山了。山上的日子,对于螃蟹妹来说,虽然是寂寞的,却也是丰富的。时常有一些网络达人,来这山上做直播,人往茶园里一站,或往茶树间一藏,把手机摄像头打开,就把这里的云呀雾呀天空大地呀传播出去了。其实这里,还是一座深山。山川未变,云雾未见,只是看待它的人变了。

这样的白云生处,光在网上看直播是不够的,只有真的来了,才能闻见山上的兰花香味悠远,单瓣栀子花的香味清甜;才能看见山河辽阔,长潭湖面宁静如水。"心静如水"是什么意思,你来这里看一看。很多时候,是只有自己置身进去,才能感悟到很多事,慢慢地,慢慢地,一点儿一点儿去做事,哪怕极其细微琐碎的事,去做了,才能积累出自己对于事物的理解。

在山上的日子,螃蟹妹有时也会想起自己在海边的生活。靠海吃海,有船进港的时候,半夜她也提前守着,等待船一到,抢到最新鲜的货源。做海鲜的生意,每天每个小时都要抢时间,一天的货如果出不完,相差几小时就是不同价格了。她和父亲一起卖海鲜，更加懂得时间的珍贵。

现在，螃蟹妹要让时间慢下来。她是山上的总管，每天守着茶园，守着云海与茶山，觉得满足极了。日子过得，有人开玩笑，跟"提前退休"一样——譬如说，来了山上，她开始过低物欲生活，几乎不再网购，连新衣服都不买。原因是没有快递小哥送货上山。对于她来说，这无所谓，只是一种生活状态的变化，并不觉得有什么不方便。

夏天的夜晚，能听见蛤蟆叫。呱呱，呱呱呱呱，呱呱呱，呱，呱，听着听着，就睡着了。

雨还是在下，云海包围着茶山，也包围着这间小小的茶室。茶泡了三回。雨水仿佛泡进了茶碗。雨水是精灵，是甘露，赋予一切干枯的事物以滋润，令一切平淡浅薄的事物变得丰富深邃，一碗入喉，这个初夏的午后也变得悠长。

3

疑似在村庄里走错路了，却误打误撞，开到了一片山野之中。竹林连绵繁密，山道弯弯且向上。这样的山野之间，人烟稀少，连个可以问路的人也不见。就这样一条道继续前行，愈往上，风景却愈佳。

峰回路转，居然就到一片茶园了。

这是一个叫岗塘坪的地方，属于黄岩宁溪镇的五部村。叫什么地方是后来知道的，直到很久以后上来了一位村干部，然后来了一位茶园主人。在他们出现以前，只有云朵停留在上面。

这是五月末的一个傍晚，雨过初歇，天地之间清澈如洗。当我们到得山顶之后，发现四面群山都有云朵停留环绕，云朵的边缘很清晰，悬停在山的中部。事实上云朵也在悄悄移动，同时变幻形态，就像是一群移动的羊。

站在山顶大呼小叫的人，显然平时难得见到这样的风景。我记起王坚院士说："什么叫年轻？年轻就是还可以接受人生中的不确定性。"他说："一件事当你想了很多，想得很周全，这件事你就不会去做了。"

聊到这句话时，我们正坐在一间会议室里，会议室的巨大玻璃窗正对着一座建在屋顶上的足球场，屋顶上绿树成荫，草地茵茵。年轻人在足球场上奔跑。我想他说的是对的，总有些事是你没有认真想过就去做的，而且越是这样，越觉得珍贵无比。

比如今天能把车开到一座山顶的茶园里来，就是这样一件不确定的事情。尤其不确定的是，你并不是为了一片绝美的风景而来。而当这样的美景出其不意地涌现在面前的时候，一种巨大的惊喜，会让人沉醉其中。

我们的问题常常在于，想得太多，而做得太少。

茶园主人王叔上来的时候，指着山顶的平台说，本来是想在这里搭一间喝茶的小屋子。这样，人在这里喝茶，可以看见山脚小镇的全景，也能看到脚下的风起云涌。

这两三个小山头，有一百多亩茶园，到了明年，能出几千斤干茶。他今年五十九岁，没事也要上山来。上来干啥呢，就在茶园里拔拔草，就当作锻炼身体了。他现在衣食无忧，侍弄这座茶园也就是个业余爱好而已，爬爬山，拔拔草，修心养性，出入云水之间，就跟打太极、练气功是差不多的道理。

以前这个茶园，据老一辈的村民讲，是有老虎出没的。于是我们就在山顶上聊了一会儿老虎的话题。《浙江动物志》记载，华南虎在浙江省分布不多。宁波（一八七五年）和杭州（一八八〇年）两市郊区均有猎捕过。一九五二年，丽水郊区曾有人打死一只成年虎，体重一百五十公斤。一九五四年，在龙泉有人曾捉到幼虎两只。此后，衢州（一九七四年）、开化（一九八三年）记载各捕到一只成年虎。在那之后，浙江省的老虎可能已经绝迹，因为再未有新的虎迹发现。不过，二〇一一年、二〇一三年、二〇一五年，温州市的瓯海、苍南，杭州市的临安等地，都相继报道过有猛兽出没，许多山羊等家畜被咬死，有几次基本能判断肇事者为金钱豹。尤其是最近一次，二〇一五年，临安的湍口有八十一只山羊离奇失踪，在山上发现清晰的兽类足印，约拳头大小，四趾，趾前部有明显锋利尖端……

老虎在黄岩，被人叫作"大虫"。大虫的故事总是具有某种神秘性。总之，这里是一个深山秘境了。深山秘境，加之云影天光，使得这个傍晚非常特别。鸟鸣也在这个开阔的山巅此起彼伏，相互呼应，鸟鸣具有某种穿透力，在雨后的清澈空气中，能传得更远。

花香也是如此。随着山风的涌动，一种花香像潮水一样涌到鼻腔来。这是樟树的花香。有时又没有了。清新的空气不会凝滞，花香与鸟鸣都更有流动性。山上的夜晚，星辉与月光也具有某种流动性，这与时间的特质是相对应的——在一个特定的瞬间，鸟的翅膀停留在空中，月光也定格在空中，其实是时间的定格。此刻我们在山顶，也是对于时间中某一个片段的截取，"此刻"——假设截取的是当下的十分钟，那么，"此刻"就包含了山腰上的云朵从一团流淌成一片的过程，也包含了樟树花香从一座山头飘向另几座山头的过程。

种茶的王叔，其人生自在，掩藏不住。他拥有几座山头，一片茶园，甚至拥有此刻的云朵与花香，当然自在。

王叔的自在还在于，他爱喝酒，且爱以酒会友，朋友遍天下。王叔热情邀我们一起吃饭，一定要喝一杯。吃饭的地方就选在山脚下的宁溪古镇，镇上有一条老街是宋代遗存，旧名"桂街"，老街笔直，人称"直街"。我们就在这直街的一个后院吃饭。因为要赶着回县城，看晚上七点首演的话剧《南宋第一贤相》，酒喝得有点快。但酒是好酒，茶也是好茶——茶是岗塘坪茶园产的"白叶一叶"，酒是十年陈的宁溪老烧。饭店也好，王叔的堂弟开的：自家的房子，自家的菜。

　　这样的酒一喝，气氛就更好了。王叔的女儿女婿都优秀，在大学教书，女婿还在京挂职，贤妻则是工龄数十年的小学教师，话不多，忙前忙后。他自己呢，种茶卖茶，饮酒做媒，交天下朋友。这样的人生，岂非大自在。前一脚是云端的茶园，仙气飘飘，宛如世外，后一脚是人间的烟火，俗世温暖，落在实处。这份自在与自得，也是掩藏不住的开心。从疑似走错路发端，我们的这份开心一路延续，连绵而不绝，宛如千年宋街旁的渠水，具有了一种古典意味，"此刻"因其自在而足以穿越时间留存下来。二〇二二年六月三日初稿，六月五日修改。

上书洲喝茶

　　苏州有两家书店，我甚觉美好。一家是文学山房旧书店。二〇一九年十二月，我们一群稻友结伙赴苏州，说是吃大闸蟹，蟹还没有见着影子，就先去了钮家巷，寻觅文学山房旧书店。

　　这一家文学山房旧书店，早已声名在外，这和书店主人有关——其实每一家书店，都跟主人有关，主人特质越突出，书店开得越好；反之书店就平淡无奇。这跟开民宿几乎是一样的道理。且说文学山房旧书店，一间小小的门店，静静隐匿在平江历史街区的一个角落。巷子里人不多，门前几棵树，落光了叶子，显得寂静得很。书店主人江澄波老先生，年已九十有四，眼神好使，还能写字，也能修补古籍善本。我们去的时候，他正埋头在小桌上，手执放大镜，翻一本什么书。那么多人一下子挤进书店，就把里面塞满了，和满架纸页泛黄的书一样挤挤挨挨。老先生说，这个书店是他的祖父开设于清光绪二十五年（1899年），专门贩售古籍。到民国二十年，书店迎来鼎盛时期。古书盈架，文人雅士接踵而至，书店也闻名大江南北。说那时候，名家张元济、顾颉刚、章太炎、郑振铎，都是书店的常客。

满架古书，以线装书为多，古雅沉郁，静气流深。稻友都是爱书人，淘宝一样地，淘了好些宝贝，《怎样种植杜鹃花》《学校体操教材选集》，诸如此类。我们又买了老先生著的《吴门贩书丛谈》上下册，请先生签名。翻书，签字，合影，一时之间，旧书店里暖意融融。

另一家美好的书店，则是太湖边的上书洲。书店的建筑外观，是一艘船的造型，一艘满载着书的船。这船要驶向哪里去呢？太湖湖面浩渺，有了书，旅程便不会孤单。上书洲，是上书舟，也是上苏州。洲，也是江中的沙洲，有了书，沙洲上繁花遍地。我第一次去上书洲的时候，是黄昏，见了一湖铄金夕阳。后来又去了两次，见到了冬日和春日的太湖。这太湖之滨的上书洲书店，之所以美好，也与书店主人兼诗人袁卫东先生有关。袁老板把书店营造成自己心中的理想家园。

　　最近一次去上书洲，是在四月，万物欣盛，我在书店做了一场分享。上书洲书店就像一间大书房，用袁老板的话说，他是在重建旧书店的秩序，也就是无序——看起来无序，其实是一种懂书人的秩序。在这个书店里，大多数书都一本一本平放起来，架上的，地上的，桌上的，椅子上的。地上的书，也堆叠至半人多高，横看成岭侧成峰，远近高低各不同，真有如书山也。徜徉其中，不管你是站是坐是卧，伸手便可取到书。书的陈设分类法，是一条探索者的小径，就这样一路走，一路穿枝拂叶，入得书山不须归。且放下世俗的牵绊，就在这里迷失了吧。有了这样一颗迷失的心，然后，处处就有了惊喜——这本书很好，那本书也很好，不知不觉，就淘得了一堆书。

　　在书店买书，这种偶然的相遇，是至为美妙的，也是实体书店至有价值的地方。我们在网上购物，都是直奔目的而去，哪有这样左顾右盼、猴子摘桃掰玉米的乐趣？袁老板是个读书人，也深懂读书人的心。那一次，我们在书店聊的是江南的生活与文化。我刚出了三本有关江南的书，《春山慢》《寻花帖》《廿四声》，话题也因此而起。我以为，江南是人们

自斟自饮 27cm×27cm 2021 年（与阿年合作）

静思冥想
42cm × 42cm　2021 年
（与伍立杨合作）

对美好生活探索的极致。其中的代表，便是苏州和杭州。说到江南文化，有两点逃不开：一个是传承，即怎样把江南文化的传统给传承好，另一个则是创新和发展。社会不是静止不前的，江南文化的概念也并非一成不变，它需要跟随社会发展，不断填充、增加，发展新的内涵。相较之下，苏州和杭州，这些年都做了很多创新的尝试，补充和发展了江南文化。

上书洲书店，难道不是正代表着江南生活的美学新高度吗？理想主义的人，借用这样一个地方，创造着理想主义的生活方式。有书，有茶，有同频共振的朋友，有让心灵悠游的生活。我们身处的世界，不尽然全是美好事物，但只要侧身进入这样一间书房，那些事物就退后了，就消隐了，就无足轻重了。毛姆说，阅读是随身携带的避难所。文学山房、上书洲，都是在用自己的半生实践，呈现一种美好生活的样子来。

我们在包浆温润的老榆木茶桌前合围而坐，袁老板给大家添水煮茶。煮的是老白茶，关山月白。读书从来翻山越岭，喝茶过往万水千山。书香、茶香萦绕，在座有葛芳、梁帅、成向阳、牛俊卿，还有几位苏州本地的朋友，有第一次见面

的，也有早就相识的，旧雨新知，相谈甚欢。桌上一盆菖蒲
苔藓养得好，苍碧茸茸的样子。我们的身后书山起伏，我们
的窗外烟波浩渺，我们的眼前有一副旧楹联：一榻清风书叶
舞，半窗明月墨花香。四月十八日记之。

山水廊桥一席茶

　　廊桥的故事，写了一篇又一篇，总觉得还可以再写一篇关于茶的闲话。在我的印象里，泰顺至美的事物很多，廊桥、温泉，还有茶香——当然还有泰顺的人。记得前年冬天到泰顺，县里的同志带着我到几个地方转了一圈，除了对廊桥留下深刻印象之外，就是记得，泰顺有好茶。

　　第二次又去泰顺，自己到乡下四处转，寻找各地的廊桥。那次是和包同学一起，弯弯绕绕地找到了三魁镇刘宅村的仙洞虹桥。那是一座建在村水尾的平梁廊桥，始建于明永乐三年（1405 年），清乾隆四十一年（1776 年）重修。这座木廊桥在水尾两山狭隘处，又因为是平梁廊桥，特别不起眼，直到山路上转过一个弯，走近了，抬头之间，才发现这里有一座廊桥。

　　别看这座廊桥不起眼，乃是第六批全国重点文物保护单位。仙洞虹桥建于明永乐三年(1405 年)。桥头立有一块石碑，是一九九〇年泰顺县文博馆所立，上写，此桥"……二层桥屋，七开间。屋面饰以吻兽及花草人物，形象逼真"，"虽经多次重修，但大部分构件仍保存明末清初的风格特征，具有较高的艺术、历史价值"。

二层重檐的廊桥，即使在廊桥众多的泰顺，也是不常见的。此桥矗立于村庄水尾，有着明显的风水用意，加之造型精巧别致，使人流连。我与包同学一道在仙洞虹桥前前后后看了半天，还想登上木梯去二楼看看，但二楼的小门锁着，只能作罢。听说楼上供着神龛。

木平桥所建之处，一般都是溪面并不太宽的溪流上。此桥古朴极了，桥下细流无声流淌，估计此桥在漫长时光里相对安全稳固。我坐在桥栏长凳上，眼望刘宅村庄发怔。过了一会儿，一老妪斜挎背篓往桥上走来。老妪一身靛青衣服，戴一双袖套，头上一顶宽大竹笠，这一身装束颜色沉静极了，像是从春天的深处走来。我下意识拿起相机按了两张照片。老妪笑了，近前时，我才发现她的背篓里，是满满的一篓茶叶。

虽是春时，我却没想到这大山里开采的时间这么早。公历三月一日，农历是正月十八，惊蛰都还没有到，山上的杜鹃花也还没有盛开。此时就可以采茶了吗？泰顺处在浙南，是浙江的最南端了，气温是比浙北要高一些，其他地方的春天还姗姗来迟，这里就早早地暖和起来。从泰顺再往南走一点儿，就是福建的福鼎，自古出白茶的地方。泰顺山多，层峦叠嶂，峡谷深幽。海拔在千米以上的山峰有一百七十九座，大小溪流有一百多条。峰回路转，溪流萦绕。这样的地理方位与生态气候，有利于生长好茶。泰顺出茶，也就顺理成章。

包同学说，采茶老妪的这些绿茶鲜叶，这几天价格极高，收青的人拿了去，做成"三杯香"。"三杯香"，是泰顺的名茶。我记起来，头年冬天在泰顺四处转，到哪里都能喝到一盏香香的绿茶，也就是"三杯香"了。

深究起来，茶叶是泰顺的传统风物。明崇祯六年（1633年）的《泰顺县志》记载："茶，近山多有，惟六都泗溪、三都南窍独佳。"

泗溪，也就是我刚去过的，有姐妹桥即北涧桥、溪东桥的地方。那两座廊桥，算得上是泰顺廊桥的代表作，人去泰顺看廊桥，必看北涧桥、溪东桥；最好，还要在桥头找一间茶馆，坐下来，喝一杯茶。开茶馆的年轻人双贵，陪我聊了老半天,他早些年向往外面的世界,出国劳务,后来还是回来,回到老家村庄,打理这一家桥头的小茶馆。他的故事平淡又动人,我写了一篇文章《桥头的茶馆》,登在了《文汇报》上。

泰顺的古廊桥,是大地上的册页,每一页都写满故园风雨。古廊桥保护、修复、传承的故事,像树叶一样缀满泰顺人的时间之树。

泰顺是廊桥之乡,也是桥梁之乡。泰顺境内,共有各类桥梁九百七十多座,唐、宋、明、清时期的古廊桥有三十多座,其中十九座廊桥在二〇〇五年被列为浙江省级文物保护单位,十五座廊桥于二〇〇八年被列为全国重点文物保护单位。

桥在中国人的眼里,是诗意的载体,是通往理想境界的通道。河水阻隔了道路,如果没有舟,还有什么可以渡人过河?在传统中国人的眼中,造桥修路是行善积德的行为,不仅能改变命运,延年益寿,还能造福子孙。清朝《安士全书》说,修建桥梁,渡人于山川涧水;布施施惠,渡人于贫穷;改恶修善,渡人于苦难;勤学好问,渡人于愚钝;修行学道,则是渡人超脱生死。

佛说:"渡人如渡己。"

　　所以，在世间修一座桥，使远行的人可以安然行走，便利通行，亦犹如绝处逢生，免于惊恐。此举善莫大焉。因此，世世代代的泰顺乡民，建造廊桥时都是有钱出钱，有力出力，出资捐木，无不解囊相助，共襄盛举。这种对于公益事业的热忱，以及同舟共济的精神，使得廊桥成为善缘的载体。所有参与建桥的人，带着对未来的美好期盼，在心底种下善的种子。桥在人间经历风雨，善的种子在人间生根发芽。

　　与廊桥相伴而生的，还有廊桥头的古老茶亭。

　　廊桥连接着古道，路上行人往来络绎不绝。譬如从泰顺赴桐山大路上的普宾桥，从民国至中华人民共和国成立初期，一直都有以挑担为营生的脚夫在此歇息。我去国家级文物保护单位普宾桥采访，还找到了一辈子在普宾桥畔生活的"守桥婆婆"。老人家守着廊桥，为来往旅人、挑夫煮茶。茶水都是免费的，自己做的米糕等点心则适当收取一点儿费用，借以维持生计。

　　那时候，挑夫都是苦力，从桐山出发，挑着海鲜到泰顺县城罗阳，再从罗阳出发，扛着木材去桐山，来来回回，两头奔忙。这样的单趟，是七十五公里，要走一天一夜。因为货物不能耽搁，他们在途中不能长时间休息，夜间到了廊桥，就在桥上简单休憩一下。"鸡声茅店月，人迹板桥霜。"我每读到这一句话，总是想起这些在古道上来往的挑夫，他们就是在月光下行走的人，天未全明时，已经踩着晨霜走过几重山几条水几座桥，把沉沉的货担卸在了县城的早市上。这一趟走下来，有五块钱的收入，而当时两块钱可以买到一担粮食。

想一想这样的情景，就知道了，廊桥边的一盏烛光，对于远行的挑夫来说，无异于温暖的慰藉了。他们可以在茶亭里坐下来，歇个脚，喝一碗茶，疲乏消去，力量重新回到身体里。不着急呀，再喝一碗茶启程吧。守桥婆婆总是这样，为他们再倒满一碗滚烫的茶汤。

廊桥永远为艰辛的挑夫们提供一处遮风挡雨的地方，廊桥边的茶亭永远为他们提供一壶热茶。廊屋内的坐凳，向每一位旅人开放，长年累月行走在这条古道上的挑夫，甚至都记得自己的扁担支在哪一个窝上——顺着乡人的指点，我仔细地观察过廊桥桥板上的小坑，那是行走的挑夫在此歇脚时，支着货物的扁担一头抵在地上，一次一次，一年一年，扁担头打磨出一个比拳头略小的深深的圆坑。

免费施茶，守桥婆婆维持生计还不够怎么办呢？村民们自有朴素的办法。农历八月收稻谷，奶奶就拿个竹篮子，去附近几个村庄收青谷。那时稻米精贵，但田间收割过后遗漏下的稻穗，村民们约定俗成，谁都不拾掇，要特意留给守桥婆婆来捡拾。奶奶把土地里遗漏的零星稻穗连同泥巴都扫回来，晾晒，清理，把谷子碓成米，把米磨成粉，把米粉炊成九层糕。香香的九层糕，奶奶自己不舍得吃，慰藉了多少艰辛挑担客的辘辘饥肠。

如今，守桥婆婆已经一百岁了，听不懂山外人的话。在她的大半生里，就是这样守着桥，望着桥，普宾桥也在守着这家人，望着这一家人。

你看吧，这座普宾桥上，什么样的行人过客都走过，不仅有商人和挑担客，还有求取功名的士人或江湖游医术士。风雨天气，乞丐在桥上将就过夜；寒冬腊月，官员赶路也会在此借宿。世间的人，谁不艰辛？可都是古道上日夜不息的匆匆过客呀。

廊桥是乡人们像水滴一样汇聚物力财力方才建成的，是所有小小善意的凝结。廊桥连通了道路，廊桥上的一条坐凳、一块风雨板，廊桥茶亭里的一碗热茶，都是乡人们结下善缘的开始。所谓"古道热肠"，大约就是如此吧。廊桥头的石碑上，常刻有"广种福田"的字样，那是乡人们在经年累月的辛劳里，总结出的人生真谛。

廊桥上的茶亭，也常有文人墨客或精通笔墨之人路过，或许也受一碗热茶的慰藉，写下一幅字或对联。

不记得在哪里了，看到过茶亭上有这样的对联：不费一文钱，过客莫嫌茶味淡；且停双脚履，劝君休说路途长。

还有一副对联，也同样令人印象深刻：两脚不离大道，吃紧关头，须要认清岔路；一桥俯视群山，占高地步，自然赶上前人。

一次次跟廊桥的相遇，都有一缕茶香相伴。所以，我固执地认为，写泰顺的廊桥，一定要写到泰顺的茶。

那年冬天，我跟赖县长去东溪乡走访。到东溪土楼时，天空飘起细雨。乡干部把我们领到一座屋子里，一位老人家请我们避雨喝茶。老人家泡的那杯茶很特别，不是普通的三杯香绿茶，而是山胡椒子茶。那山胡椒子茶味道很奇怪，一开始喝，有一点儿樟木的气息，初入口并不习惯。老人家说，这山胡椒子，也叫山苍子，就是山上的东西，清热解暑，健胃养阴，很好的东西。于是我们喝着这种山苍子茶，听老人家讲起一些往事来。

原来，六十多年前，著名音乐家周大风就是在东溪的土楼里，创作了闻名中外的《采茶舞曲》。那座土楼现在还在，正是老人家土楼斜对面的那一座。这位姓蔡的老人家，当时也正年轻，还是乡小学的语文老师，就是他照顾周大风住宿，也是他见证了音乐家写出这首作品。一九五八年春天，担任浙江越剧二团艺术室主任的周大风和全团五十多人，身背行李、道具，长途跋涉，来到交通闭塞的泰顺山区巡演。好客的乡亲安排他们住宿，周大风他们就住在当时作为乡大队部办公场地的土楼里。

蔡老师是当地的知识分子，陪着周大风采风，带他上山采茶，也跟他一起相处。周大风没比蔡老师大多少岁，十七岁就创作了被全球唱响的《国际反侵略进行曲》，名声在外，蔡老师对他十分敬重。"这样年轻的音乐家到我们山里来，吃住都很艰苦，他一点儿没有架子。"老人家一边招呼我们喝茶，一边聊及旧事，小屋里暖意融融。老人家现在九十多岁了，屋内收拾得整洁极了，桌上有书报，墙上挂着他自己的字画，真是一方自得其乐的小天地。

现在这个东溪乡，也因为周大风当年在这里创作了《采茶舞曲》，而准备建设一座音乐小镇。《采茶舞曲》的诞生，正是因了泰顺山上茶园里的劳动场景打动了周大风，在土楼里的一盏煤油灯下，周大风用了一个晚上，把这首后来传唱大江南北的作品写了出来。

在土楼里诞生的《采茶舞曲》，听说，在全世界发行唱片总共有一百多个版本，还被联合国教科文组织列为亚太地区的优秀民族歌舞。这也堪称"土楼音乐史"的传奇了。

从老人家这里离开，我的脑中就一直萦绕《采茶舞曲》的旋律了。

后来我们又去了几个地方，记得其中一处，是一个古老的有院落的房子，青砖铺地的大天井。有人在那里摆开茶席泡茶。有绿茶，也有红茶。有人说，泰顺的山水是宋画的味道，那么，宋人尤其懂得生活的美学。东溪这样一个地方，若要做茶的文章，真可以在山水廊桥之间，营造几间清雅的茶室。

竹篱茅舍下，空林疏雨间。柴门反关无俗客，纱帽笼头自煎吃。

这座北涧桥，也是国家级文物保护单位，建于清康熙十三年（1674 年），嘉庆八年（1803 年）重建，道光二十九年（1849 年）重修。

北涧桥的那一头，也有一家小茶馆，叫作"情爱廊桥"。店内两层，木楼梯咯吱咯吱响着，登上楼去，却是一个十分清雅的空间。这个二楼的茶室，四面都有许多小窗子，每一格窗子外面，都是一幅剪影，春夏秋冬，四时皆美。这里的茶水，居然只要两元一杯。茶杯端上来，正是绿茶"三杯香"。手握一杯清茶，窗前闲读一本书，在这里真可以坐大半天。

"一程山，一程水，千帆阅尽，愿我们都能与更好的自己相遇。——理慈。"

"空山新雨后，天气晚来秋。沈阳：安妮，抱朴。"

"最美的不是下雨天，而是和你躲过雨的廊桥。2020 年 9 月 20 日，Whh and Ml。"

"泰顺好好玩哦！——Andrea。"

"我觉得 Andrea 说得对！——Jade。"

"明月照廊桥。——沈青妍，2020 年 10 月 2 日。"

在我的采访本上，抄录着几段留言，这些都来自北涧桥畔这家情爱廊桥茶馆的留言簿。"到泰顺，一定要去看世界最美的廊桥；如果没有到情爱廊桥茶馆打卡，等于没有到过廊桥。"这是网上流传的一句话，据说很多外地游客到了北涧桥，一定要去这家茶馆拍照、喝茶、打卡。我知道，在古时候，廊桥边常常会有一间小小的茶馆，那是守桥人的居所，也是守桥人为过往旅人提供的歇脚之处。

而这家情爱廊桥茶馆有什么不一样吗？

走进一看就知道了，这是年轻人喜欢的文艺腔调的茶馆。

阿芬每天守在店里，看到我带着相机，就跟我说，楼上的每一扇窗子都是不一样的风景。如果有兴趣，你一年四季都可以来拍照。

这家店的主人不是阿芬，是美辉姐，美辉姐在温州上班，所以平时就是阿芬守在这里。阿芬说："因为我很喜欢啊。你看，早上八九点钟，鸡叫鸟叫都有了，平时也很宁静，我就拍拍照，发发微信朋友圈，宣传宣传我们的最美廊桥，这种慢生活，真的很喜欢呀。"

阿芬家在下桥村，离这里并不远，走走也就是几十步路。

阿芬说："我现在其实也可以算是守桥人，我天天都看见廊桥。你看，现在那两棵大树的叶子是绿色的，到了秋天，乌桕树叶红了，树上会有很多鸟儿，有白鹭，也有画眉，各种各样的鸟都有。到了冬天，树叶落光了，也特别美。冬天过去，春天来了，你就能看见树叶一天比一天浓密起来，一天比一天绿起来。"

我点了一杯"三杯香"绿茶，就在茶馆的二楼坐着，正对着阁楼的小窗。小窗外面是宁静的北溪，以及溪上的北涧桥，一窗的绿意，与阳光一起扑进来。

这是美国诗人哈特·克莱恩的一首诗，《致布鲁克林大桥》：

在桥墩的阴影之下，我静静地等待着，

只有在黑夜里你的轮廓如此清晰。

城市的喧哗在此刻幻化成泡影，

而大雪已将来年漆成白色……

哈特·克莱恩有一部诗集就是《桥》，这首诗里写到的布鲁克林大桥，与自由女神像齐名，被誉为工业时代七大工程奇迹之一。这座当时全世界最长的大桥，彻底缩短了人与人、城市与城市之间的距离。浙江大学出版社刚刚出版的这本书《造桥的人》，写的就是布鲁克林大桥总工程师华盛顿·罗布林的人生轨迹。

我带着厚厚的《造桥的人》，来到浙南泰顺，坐在廊桥头的一间茶馆里读这本书。这使得我忽然有了一种更国际的视角来看待古老的廊桥。廊桥不仅是泰顺的，也不仅是中国的，而是属于全人类的。

桥向来不仅仅是连接两岸的工具，它还象征着"连接"的渴望，也象征着"连接"的可能。一座古老的廊桥横亘于世间，架在时间的河流之上，它的存在，就是真善美的宣言。

山水廊桥一席茶，野泉烟火白云闲。

手边的这一杯滚烫的"三杯香"，喝干了，又添水，再喝，继续添水。时光如廊桥下的流水缓慢流走，桥与茶，都使世间的人与事有了更多连接的可能。二〇二一年十二月二十四日修改。

古茶场的茶香

　　磐安文友陈先生给我寄茶，也寄茶壶。茶是高山云峰茶，茶壶是深山老石头——用一整块石头琢出来的。磐安有个地方盛产石头，整个村庄的房子，都用乌黑的石头砌成，如果你从空中俯瞰（假装是一只鸟），可见乌石房子们集体踞守在高山台地上，气势壮观。人们把那里叫作乌石村。那里的乌石，既砌得房子，自然更做得茶壶。我手头这一把石头壶，厚重，沉稳，抚摩手感是清凉细腻，把玩之时，竟不愿释手。

　　磐安的云峰茶是绿茶。浙江的茶，绝大部分是绿茶，虽然安吉白茶名字叫作白茶，其实仍是绿茶（近年也有茶人制作少量红茶，如杭州的九曲红梅、开化的开门红、富阳的安顶红，我都喝过，但量不算大）。浙江从北到南，但凡有山野的地方，也都有茶园，且一地有一地的品牌。云峰茶是文友的私房茶，我喝过几回，叶形紧直成条，品饮之时，只觉香气清逸高远。

石头壶用来泡什么茶合适呢？以后有空，再研究吧。先玩，要能玩出包浆来，那也行。

文友约我去磐安看看，主要是看一个古茶场。玉山古茶场，全国现存的，唯一的，古代茶叶交易市场，全国重点文物保护单位。物以稀为贵。什么东西，一旦成为"全国唯一"或"天下唯一"，那就厉害了，因为无可替代。这是境界。

玉山古茶场初建于宋，现存的建筑，是清乾隆四十六年（1781年）重修。茶场里还有一个茶场庙，我是第一次听说。茶场庙还有一个庙会，叫"赶茶场"，我也是第一次听说。这在我们现在听来，是稀奇的事，在古时不过是本地人的生活日常，"赶茶场"便是以茶叶交易为中心的聚会。这样的聚会，可以想见——热热闹闹的，姑娘小伙们，打扮一新，茶农茶商们，也从四面会聚而来。于是，买茶、卖茶、喝茶、说茶。一年里的重要时刻，人生里的重要遇见，都借着"茶"的名义来了；一代一代人的生活，也跟着"茶"的脚步，紧紧地联系在一起了。

茶场的庙会，说起来，一年当中有两场，分别是春社和秋社。春社在春天里。正月十五，茶农们盛装来到茶场，祭拜"茶神"真君大帝。茶场里，挂灯笼，迎龙灯，演大戏，既是庙会，也是元宵节，有得一番热闹好看。

秋社，自然是在秋天里。农历十月十五，山上、地里，该收的也都收了，山民和茶农带着茶叶，挑着山货，都来赶集。唱戏的、卖药的、杂耍的、做生意的，也都来了。其中有一项活动，叫作"迎大旗"，很有意思——"以竹为竿，下益以木，以绸为旗，方可十丈许，画以人物龙虎，其大者升之百余人。"参加迎竖者称"旗脚"，迎竖一面旗需一百二十个壮汉。竖大旗时，紧锣密鼓，喊声震天。大旗竖起后，由众人扛抬，徐徐绕场一周，而后固定于场上。老人讲，最多的时候，三十六面大旗在茶场庙竖着，迎风招展。

辛丑年春，我与文友在古茶场会面。古茶场的此时，既非春社，也非秋社，所以寂静得很。明代遗存建筑茶场庙，主脊檐、二脊檐上下，都有漂亮的石灰雕与壁画，还有双龙图案。岁月的风雨，历史的沧桑，都在古茶场留下了斑驳印记，有些壁画剥落，已然看不太清。

我们在寂静的古茶场里，一方八仙桌边，坐下来，泡上一碗云峰茶。

听文友说，历史上，磐安还有一款茶，叫作婺州东白，现在怕已是失传了。婺州东白，名字也是很好的，有一个白字，那么它到底是白茶还是绿茶呢？一般所说的白茶，不炒青，只采取萎凋、干燥两个步骤，绿茶则要经过炒青、揉捻等工艺。白茶也好，绿茶也罢，无非是工艺略有不同，茶叶还是那样的一叶茶——悠悠地落在这世间，落在这古老的茶场，让今天的人，还能闻见那昔时的一缕茶香。

啜一口茶，想到这茶香自唐时融入日常生活，千百年来，又何曾远去过呢？四月十八日记之。

山中访茶杂记

1

> 松翠掩山寺，溪深山路幽。
>
> 烹茗绿烟袅，不得更迟留。
>
> ——〔唐〕戴叔伦

山路曲折幽深。不知道是不是线路冷僻的缘由，一路上根本碰不到人，也没有别的车子交会。山回路转，时见白云飘浮驻停在群山之巅，忍不住驻车拍照。清风拂来，觉天地山野，余独往矣。

上坌，是山巅的一个小村庄。这个"坌"字不认得。像是岔，又不是岔。像是有份，又不敢有份。心中琢磨半天，遂去查手机上的字典。读如"笨"，曰：

一，翻土，刨地，如坌地。

二，尘埃，如微坌。

三，聚集，如坌集。

四，粗劣。

五，用细末撒在物体上面。

六，笨。

又沉吟半天，觉得这个坌字真好。大巧如拙，大智若愚。坌字说的不就是我们这些凡俗中人吗？如尘如埃，如烟如雾，偶尔相遇在这粗粝的人间。然而即便如此，亦要日日耕作，刨地搬砖，不过以笨人笨办法度过光阴，抵多少年的尘梦。

在松阳，上坌这样的古村落真多，几十个或上百个，有的村落风情更加古朴，风貌更加完整，受到外界的关注也更多。而相比之下，上坌颇有些默默无闻，人迹稀少。或许也正因此，这个村庄才更好地保存了原生态的样子。

这是一个怎样的地方呢？上坌，属松阳的斋坛乡。尚未入村，先见茶园。茶园一行行一垄垄，构成柔软的线条环绕村庄，民居则是黄泥夯土墙与层层叠叠的黑色鱼鳞瓦。黄与黑，构成大地的颜色。

高山下来的水，从屋角流淌而过，水流的两边，长满石菖蒲与厚厚青苔。这让我想起前段时间去过的一座寺院，寺院蛰声海外，又经数年扩建，场面宏大。而我去了一看，则颇为失落，寺院新则新矣，偌大的场地里见不到一处青苔，到处只有簇新的光鲜与亮丽。这叫什么寺院呢？盖房子是很快的，苔痕上阶绿是缓慢的；人声鼎沸是容易的，世外静气则困难得多。很多东西，须得一点一滴，几百年至几千年，才能涵养出来。

这样一想，眼前的上垟，自有一种世外的悠然静气。倘世人要找一个清静的地方去隐居，或是修行，上垟这样的地方自是相宜的。反过来一想，在上垟这样的村庄里，是否也应该隐藏了几位世外的高人？只是，一般人无法懂得他们罢了。

上垟的村民，以潘姓为主，占全村总人口的百分之八十五，其他还有叶、王、金、何、吴等姓。山林面积三千多亩。村民多种吊瓜、茶树，也种单季的水稻，以自食为主。狭窄的村道，仅可一人行走，路遇一老农，用电瓶车驮了一袋笋，远远地见了，就立足在一边，等我们而过。问他这些笋何来，答是山上新采。此时已是六月末。恐是今夏最后的笋了。问卖否，答不卖，自家要吃的。

老农已七十岁了，身形瘦癯而目光炯炯，长年劳动的人，仿佛身上藏着使不尽的力气。老农说现在上垟村中只有二三十人居住，大多数人都搬迁走了。留在村中的人，都是喜欢这样的山里生活，不愿住进城里去。

山涧水潺潺而下，村人用竹笕引水。一根竹笕接另一根竹笕，另一根竹笕又接另一根竹笕，这样把水传递过来。我已经很多年没有见过竹笕了，没想到在上垟还能见到。同时见到的还有一座水碓。水碓静止，水流不止，远处山林里还有鸟鸣也不止。

上垟依然寂静。一直走到村庄外，远远有三两个人影在茶园里采茶。这个时节还有人采茶。采茶人静静地，在云朵一样的茶园里缓慢移动；天上的云朵静静地，像村庄里的人在缓慢移动。

"烹茗绿烟袅，不得更迟留。"这是唐代诗人戴叔伦在松阳留下的诗句。我想戴叔伦可能来过上垟。这个诗人论诗："诗家之景，如蓝田日暖，良玉生烟，可望而不可置于眉睫之前也。"他的意思是，诗中有景，宜远远观之，呈现一种朦胧之境。我想这也可能是水墨之境，或人生之境吧。他作诗当官都不错，从九品官做起，一直做到四品，做过东阳令，也当过抚州刺史，足迹遍及婺赣各地。

戴叔伦有一首茶诗《题横山寺》，宜抄录于此："偶入横山寺，湖山景最幽。露涵松翠湿，风涌浪花浮。老衲供茶碗，斜阳送客舟。自缘归思促，不得更迟留。"我最喜欢他的这一句："老衲供茶碗，斜阳送客舟。"

到了晚年，戴叔伦自请出家为道士，做了一只闲云野鹤。远访山中客，分泉漫煮茶。这样的人，见过了半生的风景，走到哪里都可以坐下来，汲泉煎茶，慢慢地喝它一碗。

2

道人晓出西屏山，来施点茶三昧手。

忽惊午盏兔毫斑，打作春瓮鹅儿酒。

天台乳花世不见，玉川凤液今何有？

东坡有意续茶经，要使祖谦名不朽。

——〔宋〕苏轼

吴姐身手利索，三下两下就攀爬到山上去。这山林荒草丛生，灌木长得比人还高。一转眼，吴姐就隐入山中。

山是野山，路已湮灭，似乎久无人迹。好不容易手脚并用地跟上吴姐步伐，衣衫尽湿。

吴姐站在一株老茶树前，手抚枝叶，如晤老友。她手一指：这一座山，那一片坡，都生长着无数老茶树。这些老茶树已生长数十春秋，只是近十余年失于管理，自生自灭。吴姐看着可惜，想着要把这些老树修整盘活，一株一株照料过来。如今，她手上有了十万株老茶树。

下山路上，吴姐在前头开车，进弯，出弯，行云流水。

看出来了，这是一个常在深山老林出没的人。

吴姐的家在城郊，有座院子，春天里各样花开，她在院子里炒茶。她炒茶是跟师父学的，一锅炒出来，味道好不好，尝了就知道。她炒坏了很多茶。她跟我们转述这段经历的时候，说得轻描淡写。但是这里头的艰辛曲折，我们都听出来了。

有一回，拎了一包新茶去拜访师父，师父在楼上闻到茶香，探头道，这锅茶炒得不对呀。

她一惊，心想没错呀，一步一步都按着程序来的呢。

师父说，炒茶时你心不够静。

她羞愧不已，那时有人催着要茶，她自忖技艺过关，炒得有点急，现在想来，的确是有不到位的地方。

此后再制茶，一个环节一个环节，要先把气息调整好了，呼吸悠缓，心思宁静，方敢动手。

吴姐家的后院，有一只小鸟，飞去飞来，不惧生人。春天某日风雨大作，小鸟从巢中跌落在院子里，吴姐救护起来，饲以米浆饭粒。小鸟就此认了亲，羽翼渐丰之后，飞去又飞来，却不欲离开。

我们喝着吴姐手制的茶，觉茶汤回甘绵绵，滋味悠长。

松阳这个地方，拥有一千八百多年建县史，而松阳的"茶龄"和"县龄"相差无几。史料记载，松阳种植茶叶、出产茶叶，始于三国时期。到了唐代，道教天师叶法善所制松阳茶叶，"竹叶形，深绿色，茶水色清，味醇"，被称为"卯山仙茶"，从而进贡皇家殿堂。

松阳自古茶人辈出，一九二九年首届西湖博览会上，松阳茶叶获得金奖。如今，松阳拥有两大区域公用品牌，松阳银猴、松阳香茶。

松阳香茶，这个名号在松阳各处可见。松阳银猴，偶尔也能见到。听本地朋友说，松阳银猴取自自主选育的茶树品种，其叶上满披银毫，银绿隐翠，看上去就像是一只银猴。

松阳银猴曾两次荣膺"浙江省十大名茶"。

再往回说到宋代。松阳有座西屏山，民国《松阳县志》载，此山"壁立如屏，山顶平旷，嶒岩壁立，林木苍郁"。这是一座不俗的山，山上白鹤殿住着一位祖谦禅师，他精于茶事，是斗茶高手，尝游京师，与好友诗人苏轼谈诗论禅。苏轼钦佩祖谦茶道精深，特赠诗《西屏山》一首："道人晓出西屏山，来施点茶三昧手。忽惊午盏兔毫斑，打作春瓮鹅儿酒。天台乳花世不见，玉川凤液今何有？东坡有意续茶经，要使祖谦名不朽。"

宋人饮茶，跟唐人不同，跟今人也不同。唐人戴叔伦饮茶，是连茶带汁煎好，一起当药一样吃下去了。到了宋代祖谦他们饮茶，则是把茶碾磨成粉，加汤调和，在兔毫斑的茶盏里击拂出花样来，欣赏茶汤面上的乳花，比赛谁的花样久久不散，再连茶末带汁一起饮下去。

宋时松阳是一个"山深古木合，林静珍禽飞"的秘境，北宋宣和六年（1124 年）甲辰科状元沈晦，最后把家安置在松阳。他喜欢松阳的山水。他发出"唯此桃花源，四塞无他虞"的感叹，此诗也流传至今，成为松阳精准的广告词。我随着

吴姐一起在荒野爬山访茶之时，便也常在脑海中冒出沈晦的
"唯此桃花源"句子，觉得松阳的老茶树，也是桃花源里的稀物。

松阳四面青山苍翠，层峦叠嶂之间有二十余条小溪汇入
松阳的母亲河松阴溪。这样的山，这样的水，孕育出松阳的
茶。有一个数据，说是在松阳这个县，百分之四十的人口从
事茶产业，百分之五十的农民收入来自茶产业，百分之六十
的农业总产值源于茶产业。这就足以说明，一片小小的茶叶，
是怎样牵动着松阳人的生活。

苏轼赠祖谦禅师的诗句，记录在清光绪元年（1875年）
《松阳县志》上，据说也曾刻在西屏山白鹤殿的石碑上。

此碑今安在？白鹤去又回。

3

石室夜明烧药火，云轩晓暖煮茶烟。

——〔元〕刘回翁

那日走得脚乏，遂与朋友一起步入一家叫作"山中杂记"
的小店。

　　这是一家兼卖书的茶室，或曰兼卖茶的书店。

　　这不重要，重要的是，我居然在这家店中书架上，见到好几位朋友的书。

　　据说此店的主人是夏雨清，算是杭城媒体圈的老朋友了，遗憾的是这天他并不在松阳。我知道他在德清开民宿，后来到松阳开民宿，后来又到很多别的地方开民宿。黄河边，草原上，民宿开得风生水起，微信朋友圈里也常见他四处游走。以至于，我们约了见个面聊聊，而半年过去，仍未见上。

　　这是在松阳县城的老街。每到松阳，必到老街走一走。老街生活气息浓郁，许多老居民仍在老房子里住着，打铁的、卖药的、戗刀的、炸油条与灯盏粿的，生活仍在这条老街上热火朝天地运行。

　　走在这样的街上，就仿佛是一脚踏进旧时光里，一幕幕都是生动不已。这是松阳老街比其他许多老街有意思的原因。

　　老街上开着的茶店也不少，其中松阳端午茶亦是随处可见。

　　而这间叫作"山中杂记"的店，或称杂货铺，也是安静的一隅。那天我们在老街，遇到了一阵雨，干脆就走进来喝茶翻书。老屋里有一座天井，雨就从天井里飘落，洒在菖蒲、兰花、青苔上。货架上有茶，也有书。而茶的书，自然也是店里特别留心的部分，摆在显眼位置，有《茶在中国》《茶道六百年》《茶战》《喝茶慢》《茶叶帝国》《喝茶解禅》等。我点了一杯松阳绿茶，喝了三泡。

店中还售卖番薯寮村民制作的红糖。番薯寮村民擅长做红糖。在每年的立冬之后，作为远近闻名的产糖区，番薯寮人就把甘蔗之中隐藏的糖分提取出来——这是一种极具仪式感的工作，类似于蜜蜂对于甜的酿造——直到甘蔗的汁水变成糖粉，那种焦糖的香味飘荡在整座村庄上空。这种工作成为村民最快乐的事，也成为游客们对于端午茶之外，另一种"松阳味道"的想象来源。

雨仍在下。

离"山中杂记"数步之遥，就有草药铺。松阳人热爱中草药，热爱一切植物体内所蕴藏的药物属性。他们把山野之中的苍术、藿香、樟树皮、竹枝、竹叶、野菊、白芷、桑叶、菖蒲、山苍柴、鱼腥草、白茅根及其他各种树皮、草根采来，晾干，用柴刀剁成小段，入锅里略微炒制，再晒干、混合，配成各种各样的凉茶，用开水泡来喝。在松阳人的眼中，这种叫作"端午茶"的凉茶有着神奇的作用。山野之中的植物草木，与当地人的血脉精神达成天衣无缝的和谐统一。

同样，茶叶这一种单一植物的叶子，也成为人们生活中不可分割的一部分。茶犹药也。从唐代以来，茶就具备了无可替代的价值使命："一饮涤昏寐，情思爽朗满天地。再饮清我神，忽如飞雨洒清尘。三饮便得道，何须苦心破烦恼。"大师皎然在《饮茶歌诮崔石使君》中明确指出了茶的三层功用，而大医药学家陈藏器在《本草拾遗》中称："诸药为各病之药，茶为万病之药。"山中清修的人，知道茶的特殊功用，将其作为修行的必备良饮。

道士叶法善，在松阳有着人尽皆知的知名度。他出生在松阳县的卯山后村。有一年，当故乡松阳遭受瘟疫之时，在武当山云游的叶法善赶回松阳卯山，召集众多道士采制卯山仙茶，以卯山仙泉煮开，开观施茶七七四十九天。百姓讨取仙茶饮用，得以避疫。由此可知，茶或者百草茶，都是自然界的伟大馈赠。

在元朝，有一个叫刘回翁的松阳人，写下一首诗《卯山》，

表达他对先贤叶法善的纪念。在这首诗里，有两句常被后人
默诵："石室夜明烧药火，云轩晓暖煮茶烟。背岩最怪苍松
老，百折霜根不记年。"石室，便是叶法善隐居修行的地方，
云轩则是他的茶室或书斋。

春雨仍在松阳老街上空飘飞。一杯清茶，茶烟袅袅。

草药店老板躺在竹椅上午休，此刻已然响起微微的鼾声。

4

苔滑自来人迹稀，帘空偏觉下方低。

空厨竹畔无烟火，细和茶声有竹鸡。

——〔明〕占嘉卿

"菜花姑娘"叶丹红喜欢在微信朋友圈里，晒一晒自己
的日常生活。她在大木山拍的每张图片，都会引来一片赞叹。

蓝天，白云，茶园，大地——跟童话世界里一样。

"不是我的照片拍得有多好，而是大木山的每一天都这
么美。"

她在大木山茶室工作。上午和下午的阳光，会在深色的

几册闲书一壶茶 33cm×33cm 2021年（与闻章、潘海波合作）

得大自在图
50cm×30cm 2021 年
（与闻章、老墙合作）

清水泥墙面和地面上投射出斑驳的树影。茶室的每一个空间，每一个角度，似乎都有晃动的光影。

风从水面上吹来，摇动梧桐树影，捎来茶园的清香。

这天，丹红在茶室忙碌的间隙，看见湖面上倒映着一圈彩虹的光圈。她一惊，抬头去看，发现天上有一轮七彩的光晕。她把照片晒到了微信朋友圈。

这间大木山茶室是建筑师徐甜甜设计的，建成之后，在国际上获了奖。很多人跑来打卡，在这里喝一杯茶，体会一下跟大自然贴得最近的感受。可能建筑是联系人与自然的中间体吧，如果没有这间茶室，许多人身处大自然当中，而不自知这一份美。

好的建筑，同好的照片一样，都是一种微小的提醒。

徐甜甜在设计茶室的时候，为了保留五棵梧桐树，特意把建筑退后了许多。现在，梧桐树成为茶室不可或缺的四季风景。

树影、阳光、波光、茶田，周围环境里的自然元素，都成为茶室建造的场地条件。建筑师说，这座茶园太美好了，要把自然环境引到室内来，也要让建筑融于大自然的外部环境。所以，她在这里实践了"半建筑半自然"的观念。

半，且半，这是很美好的状态。

半醺。半饱。春山半是茶。偷得浮生半日闲。

宋代松阳乡贤朱琳，有一首诗写当地的延庆寺塔，诗曰："僧老不离青嶂里，樵声多在白云中。"这也是很好的状态——樵声多在白云中，云雾飘来荡去，砍柴人如在仙境，茶园也如在仙境。

松阳这个地方，适宜茶树生长。八山一水一分田，山多；水呢，几乎都出自松阴溪。这条溪是浙江省第二大江瓯江上游的主要支流，一半的流域在松阳境内。山中多云雾，气候也适宜茶树生长。云雾之中，多茶。茶就是松阳的一张金名片。大木山茶园，是松阳茶园的代表。二〇一五年，位于新兴镇的大木山茶园，被评为国家 4A 级旅游景区，成为国内首个将自行车骑行运动与茶园观光休闲融合的旅游景区。这个茶园浩瀚如海，核心面积三千余亩，连片茶园面积八万余亩，景区内建有休闲骑行赛道八公里多，专业骑行赛道七公里。在茶海之中骑车，简直是另一种方式的饮茶——目之饮，鼻之饮，肤之饮，耳之饮，何其酣畅哉。

松阳人的屋角、檐下、篱旁，都种着一棵棵茶树。开窗面茶圃，把盏话香茗。怪不得徐甜甜来到大木山，要在这样的茶园里建一间茶室；还要把这样的建筑，隐没在一片浩瀚的茶海之中。人在草木间，才是一个茶字呢。

明代贡生，松阳人占嘉卿，在他一首题为《万寿山》的诗中说："空厨竹畔无烟火，细和茶声有竹鸡。"炉上煮茶的声音，和窗外母鸡的咯咯叫声相和，山中日月长，这样悠然缓慢的日常，放在今天，也一样是叫人无限神往的事。

四月以来，丹红每天都是在大木山茶室中度过。也在童话一般的风景中，消磨她的一天一天。如果人生注定是一场浪费，那就一定要浪费在自己热爱的事物上。她是热爱茶的。在松阳，还有一些茶室，如老街上的"松阳故事"，乡下的"田园书房"，还有这大木山的五棵梧桐树下的茶室，都是众生凡俗的日常生活与茶事联结的秘密通道——在这里，茶不只是一碗茶汤；它更是云雾，是音乐，是古今贤人间的对话，是心灵之舞——说到底，那是美啊，傻瓜。七月三日记之。

多谢溪烟知我意

多谢溪烟

神仙居里有座西罨寺——罨字难写，也难读。罨读作烟。最初听说这个名字，我误以为"溪烟寺"。一溪烟云，乃是山水好处。九溪烟树，更是层层叠叠。北宋有个诗人写过一首作品，其中有句，"多谢溪烟知我意，预先替作碧纱笼"，叫人印象深刻。有一段时间，我常于手边闲翻一册宋诗，喜欢宋诗里的乡村日常生活状态。从前的人——且笼统地称作"古人"吧，信帖是手写的，风是扇子摇来的，出行是步行或骑驴，去见个朋友则要十天半个月。没有工业化的时代，一切都很低碳、低效，因此是不是也可以说，效率，是对生活本身的损耗——不过，当然大家都不会同意这个说法。

陆游也有一首诗，于一二〇八年六月写在行旅途中乡野小店的墙壁上："裹茶来就店家煎，手解驴鞍古柳边。寺阁重重出山崦，渔舟两两破溪烟。"诗意如画，最后两句取典用作"溪烟寺"，岂非大好。

西罨寺现在没有了，只留下一个遗迹。神仙居在未整体开发之前，也叫"西罨寺景区"。《康熙仙居县志》记载，西罨寺旧在十七都境内，由北宋的雪崖禅师创建。明代时，左都御史吴时来少年时曾在寺内读书，直至清代，寺内还藏有吴时来的像。

这座西罨寺数度毁圮，清代有僧人重修，后又毁，在二十世纪景区开发时，寺庙已早被荒草芜没，只留下一个地名。也有文人留心去查这座寺庙的历史，发现资料极少，乃是一座名不见经传的小寺，创寺的雪崖禅师也没有太多记录。

夏日，我与顾一生前往神仙居拜访攀岩高手"三三流云"，这是一位户外大侠，经年累月在岩壁悬崖之上攀缘，瀑布速降，穿越丛林，穿越人生中的恐惧地带。这是一种低碳的行走方式，基本依赖于身体本身的能力——抵抗恐惧的能力，持续运作的能力，平衡的能力，呼吸的能力，等等。像原本就在大自然中的猿猴与飞鸟一样，像千百年前的人们一样。

从悬崖下返回，路过西罨寺遗迹，驻足好一会儿。神仙居这个地方，巨峰矗立，石破天惊，天地力量呈现出令人惊叹的造物神奇。想当年雪崖禅师隐居于此，在一座小小的寺庙里修行，领受天地和内心的启发，当有许多的收获。这片地方，晨昏之间风云流转，日出月落各有不同，即便是一天之内，也是变幻莫测。而四时天气，雨有雨的神奇，晴有晴的明朗，雾有雾的迷离，雪有雪的隽永，日头在山间移动，溪流在巨石间潺湲，云烟在丛林中生成，缓缓凝聚，又缓缓飘散，来无影，去无踪。

从西崖寺出来，见崖下山坡遍地盛开着一种粉红花朵。这花朵我熟悉，小时在山林中常见，我们唤之"野苹果"，学名叫"地菍"，桃金娘目野牡丹科植物。到了秋天，地菍结出一地紫色的小果实，酸酸甜甜，滋味甚佳。许多年没有吃过了。我拍了好些照片，与顾一生相约待到果实成熟，一定来吃。

多谢溪烟知我意。查到写这句诗的北宋诗人叫魏野。一千多年前的夏天，没有空调，没有电扇，人们自有一些消暑的办法。魏野还有一首诗："寻常苦出门，况复在炎蒸。短褐披犹懒，长裾曳岂能。松风轻赐扇，石井胜颁冰。只此贫无事，常愁不易胜。"我在寻访西崖寺的时候，也正是暑热最盛之时，想象一个赤膊袒腹的宋人，坐在松林下、石井边，悠然自得的样子，不觉也有一阵凉意沁来。

草堂指南

多谢西罨知我意。现在很多人到神仙居去，多不曾在西罨寺前驻足，也不知道西罨寺的来历。从西罨寺再往山上走，从攀岩处的山脚再爬山约二十分钟直到半山腰，有一处别致的居所，叫作"韦羌草堂"。韦羌草堂有一面湖水，难以想象在这样的山腰上，居然还有这样灵动的水，山中倒映着山影与草木，山风拂来，山影居然也开始摇动。黑瓦白墙的建筑，悄然隐于山间，一切都是静静的，仿佛在无声注解一句小令：

山中何事？松花酿酒，春水煎茶。

在盛夏酷暑之中，躲进韦羌草堂，真是太幸福不过。翻开明代高濂的《四时幽赏录》，可以知道那时文人是如何消暑的——譬如我套用一下，这座大山就是一座消暑圣地：

草堂谈月，松风煎茶，草堂夜宿，飞天瀑观流虹，山晚听轻雷断雨，林间听蛤蟆夜莺，观山中风雨欲来，鸡冠岩下坐月鸣琴，步山径野花幽鸟，南天顶晚霞流云，西罨幽谷攀岩发汗自然凉……

总之，这也都是一些低碳的自然主义的生活美学。今人非不知，乃不能也。

这韦羌草堂，名字源于倪瓒的一首题画诗，仙居柯九思作《韦羌草堂图》，倪瓒点赞，写道："韦羌山中草堂静，百日读书还打眠。买船欲归不可去，飞鸿渺渺碧云边。"

韦羌山中草堂静，韦羌是一座山，但也有说是一个人。南宋陈耆卿《赤城志》记，仙居县西四十里有韦羌庙，祀韦羌山神。传说中，五代时有韦三郎者，把自己家拿来做了寺庙，后人纪念他。又有一说，县东三里有韦大将军庙，俗传为韦三郎之兄。

说法众多，听了不久也就忘了。但这山的神秘，亦在于这山的幽深。大凡深山，总有许多神秘的地方。山是隐藏诸多秘密的地方，山沉默不语，而秘密尤为亘古。这样的深山之中，幽人也是很多的。幽人对酒时，苔上闲花落。在这样的山里饮酒，两人自然是最好的。若是一个人，不免枯寂了一些，只能学一学李白的高阶玩法，待得月亮出来，对影成三人。

不插电的生活，还是遥远了。记得有一回，我与数位友人夜宿海岛，听海涛之声阵阵，本来也是一个美好的夜晚。细听，海涛之声极有规律，却原来，那是空调的声音。窗门紧闭，哪里听得到什么海涛之声。正在饮酒之时，突然"啪"一声，整间民宿都停电了。我们一愣，在三五分钟戏谑玩笑之后陷入隐隐的不安——太热了！打开门窗，海涛声的确是阵阵传来，但海风却是极为潮热，吹得人坐立不安。又刷了一会儿手机，发现整座小岛都停电，这电一时半会儿没有要来的意思，慌乱情绪便开始不可阻挡地蔓延——

怎么办？怎么办？

当下人已无法接受毫无预兆的停电了。蜡烛只能提供微小的光亮，无法解决网络问题。海涛、松风只能营造片刻浪漫，无法安抚一颗需要充电的心灵。那个海岛之夜的后半截故事是，一群人，兵荒马乱地收拾行李，摸黑逃离了海岛。众人花了好几个小时，奔向霓虹灯闪烁之地——当城市终于出现，璀璨的灯光扑入眼帘的一刻，一车人发出了恣意的纵声大笑。

所以，到山中来吧。韦羌草堂是一次实验，也是一场生活指南。松花酿酒，春水煎茶。当灯光尽数熄灭，头顶的星空一粒一粒闪烁，银河无比清晰地挂在头顶，那一刻，我们将得到什么样的启示？

晚霞拥有者

地苍在专心致志地开它的花。革质的藤叶上，闪烁着夕阳的温暖色调。众人坐在神仙居的南天顶，目睹了一场绚丽至极的晚霞。

对于美好，语言有时无法尽述，相机镜头也无法捕捉和重现，唯有用心灵去点滴感受。

在美的事物面前，科技经常是无能为力的。

有人折了一枝木荷，将花朵别在包上，这一路我是带着花的人。深山日暮，我们坐在南天顶流连忘返，不舍离去，直到太阳躲进最后的云彩之下，此时归去，这一路我们都是拥有晚霞的人。

拥有晚霞，比拥有一百枚金币更值得自豪。拥有一整个晚霞的人，晚霞会在身体里发光，类似于小小的萤火虫，吟唱一首有节律而没有声音的歌——注解：有的时候，歌声不必让别人听到。

　　想起陆游，八百多年前写下"裹茶来就店家煎，手解驴
鞍古柳边。寺阁重重出山崦，渔舟两两破溪烟"的诗人，不
曾坐过飞机、高铁，不曾享受过空调、地暖，没有电脑和打
印机，只能手写诗书的家伙，却拥有那么多令人羡慕的好东
西——风雪，渔舟；翳翳桑麻巷，幽幽水竹居；清溪，野寺；
宿鸟惊还定，飞萤阖复开；橘包霜后美，豆荚雨中肥；出裹
一箪饭，归收百把禾。有一片田，一条溪，也有一座村庄，
无数条泥泞小路，有书有剑，驿外断桥边。

　　陆游一定也是晚霞拥有者，所以他可以安静地在书房坐
下来，"矮纸斜行闲作草，晴窗细乳戏分茶"。他又说到茶了。
他上次说，裹茶来就店家煎。这是一个走到哪里都自带好茶的
诗人。他拥有一些只有极少数人才能拥有的好茶。这茶也许来
自福建闽北，也许是士大夫之间馈赠的佳物。他在晴窗前坐下
来，慢慢地点茶。陆游的一生痴茶爱茶，他的点茶技艺也十分
精湛，茶筅在建盏中不断回环击拂，汤面泛出细腻的乳白色汤
花，建盏的黑釉与茶汤的白色相互映衬，汤花久久不散。

　　我们在神仙居暂坐，在山下借居，看见这山的晨昏，流
连这山中的云霞溪烟。这是山中之美。我们在这山里看见攀

岩的大侠，将人生的日常交付于沉默的山野悬崖；看见远去的僧人，把一生托付给建了又毁、毁了又建的小寺。我在这神仙居的林间小径，看见地苍的花朵在悄然开放，听见石蛙在夜深的星空下鸣叫……这都是，山中之美呀。

所以，神仙居不是一座简单的山。它的丰富远在我们的想象之外；除了那些显而易见的部分，你需要更广谱地打开心灵感受器才可以捕捉到。而另外还有一部分，则需要你我侧身而入，参与到山的里头，才能微妙地达成。有月有酒，还有对影才行；有松风，可煎茶，还须一起竖起耳朵，听一听远处的轻雷，听一听微小的雨滴，打在松针之上；当露珠在蓝色的翠云草上凝结，你我需要俯下身来，才能看见露珠里映照的幽蓝，在一点儿一点儿地生长，变大。

顾一生是个姑娘，常在山里行走，她是拥有一部分大山的人。攀岩高手"三三流云"说，当你攀在那片悬崖上，整个世界只有你一个人的时候，不只是那座悬崖是你的，那座山也是你的，整片天空的晚霞，都是你的。

而那一刻，我则坐在消失的西罨寺外，喝茶。七月十日记之。